Daniel A. Kempken

EIN FEST GEHT ZU ENDE

13 Mystery-Thriller

AF198692

© 2019 Daniel A. Kempken, Berlin

2. Auflage 2019

Herstellung und Verlag: BoD- Books on Demand, Norderstedt

ISBN: 9783749467105

Vorwort

Eine Zeit lang habe ich in dem Künstlerdorf Guápulo am Rande der ecuadorianischen Hauptstadt Quito gelebt. Das Örtchen kuschelt sich malerisch an einen Steilhang und hat eine coole Szene. Doch wenn des Nachts die dichten Nebelschwaden durch die engen Gassen ziehen, können einem gruselige Gedanken kommen, in denen sogar der Tod hinterhältig um die Ecke grinst. Dabei versuchen wir doch alle, die Begegnung mit ihm zu vermeiden. Doch bisweilen geht der Tod auf Reisen, um uns aufzuspüren, egal wo wir gerade sind. Das kann am Palmenstrand von Mombasa sein, auf der Osterinsel, in finsteren Gewölben unter einem Wasserturm in Berlin, am Fuß der gigantischen Gletscher des Chimborazo oder eben in den schaurig schönen Nebelschwaden am Rande von Quito. Es gibt Menschen, die mit dem Tod zusammenarbeiten. Dann spricht die Staatsanwaltschaft von Mord und Totschlag. Doch der Tod ist ein fürsorglicher Mittäter. Gerne verschleiert er den Beitrag seiner Erfüllungsgehilfen. Lassen Sie sich überraschen von den fatalen Ideen, auf die der Sensenmann und seine sterblichen Komplizen gekommen sind.

Daniel Kempken

INHALT

BECKMANNS HUNDE

Beckmann sieht erst im letzten Moment, dass ein schwarz-weiß gefleckter Hund in der Mülltonne sitzt; nur die helle Schnauze und der längliche Kopf mit den schwarzen, halblangen Ohren ragen über den rostigen Rand der Tonne. Der Hund schaut Beckmann an; in seinen Augen ist eine Mischung von erschrocken sein und böse werden. Doch er bellt nicht, knurrt nicht, rührt sich nicht. Der Schriftsteller geht zu seiner Bank, auf der er immer bei seinen Abendspaziergängen verschnauft. Der Hund lässt dem Störer einen misstrauischen Blick folgen, beobachtet, wie er sich setzt. Die Blicke treffen sich; gegenseitiges Mustern von Hund und Mensch. Beckmann hat das längere Durchhaltevermögen; der Hund springt aus der Tonne und verzieht sich.

Der Schriftsteller gönnt sich noch eine Zigarette, doch ihm fällt nichts ein, was aufschreibenswert wäre. Er begibt sich auf den Weg nach Hause. Von schräg oben kläfft ihn eine ziemlich verdreckte Mischung aus Spitz und Schoßhund in einer unangenehmen Stimmlage an. Das penetrant laute Tier bewacht einen völlig verwahrlosten Balkon, dessen Geländer zur Hälfte abgebrochen und zur Hälfte weggerostet ist. Der Köter rennt hektisch auf und ab, sein Kläffen übersteuert hysterisch, wie bei einem minderjährigen Junkie im verspäteten Stimmbruch. Ein Wunder, dass der da nicht herunterfällt, denkt Beckmann. Bei seinem ersten Spaziergang hatte er noch einen Schreck gekriegt, als der nervöse Schoßhundspitz zu krakeelen anfing. Eigentlich gibt es an dieser heruntergekommenen Bruchbude mit ihren gähnenden Löchern und Plastikfolien anstelle der Fensterscheiben nicht viel zu bewachen. Doch so weit kann der lästige Hund einfach nicht denken; Beckmann hat sich an ihn gewöhnt.

Ein Stück weiter schläft ein Wachmann in seinem Häuschen, das vor einem ziemlich gediegenen Anwesen mit einem protzigen Tor aufgestellt ist. Er ratzt unauffällig im Sitzen, ordentliche Körperhaltung. Sein Kollege in der Panzerglaskabine vor der Bellavista-Apartmentanlage ist da schon dreister; entspannte Schnarchhaltung, die Füße auf dem Tisch mit dem Wachbuch, die Mütze tief ins Gesicht gezogen. Beckmann überlegt, ob er gegen die Scheibe schlagen und den Nichtsnutz wecken soll. Er lässt es sein, weil seine Frau immer sagt, das sei doch völlig normal, dass die Nachtwächter schlafen bei so einem beschissenen Job. Beckmann sieht das anders; Dienst ist Dienst; er sitzt ja schließlich auch auf kalten Parkbänken herum und schreibt Geschichten auf, die keiner lesen will. Der stimmbrüchige Schoßhundspitz steigt gewaltig in seiner Achtung.

Auch die zwei Hunde hinter dem schiefen Tor des Schreiners mit dem schlechten Holz und den noch schlechteren Möbeln sind besser als die Nachtwächter. Unsichtbare, auf dem Grundstück oder in der Werkstatt versteckte Tiere mit tiefen, nach Rasse und guten Zähnen klingenden Stimmen. Gut knurren können sie auch; dann schlagen sie mit donnerndem Bass an. Beckmann hätte die beiden gerne einmal gesehen, doch die hohe Umfriedung macht es unmöglich. Der Hund hinter der Eisentür mit der Hausnummer 27-474 hört sich auch nicht schlecht an, doch den kann man überlisten. Beckmann bleibt fünfzig Meter vor dem Eingang stehen und wartet. Kurz darauf kämpft sich eine altersschwache, röhrende Taxe mit blau verbleiter Kolbenklemmerfahne im Schneckentempo das steile Kopfsteinpflaster des Camino de Orellana herauf. Beckmann setzt sich in Bewegung und passiert das Haus Nr. 27-474 zusammen mit dem fußlahmen Taxi. Die Töle merkt es nicht, bleibt ruhig. Der Schriftsteller will seines Erfolges sicher sein, ihn auskosten. Er geht wieder zurück, ohne Fahrzeugbegleitung.

Das Tier schlägt laut und mit wütendem Unterton an. Beckmann bleibt vor dem Tor stehen, lacht schadenfroh in sich hinein und lässt das blöde Vieh sich die Lunge aus dem Hals bellen. Der satte Anfangston geht mehr und mehr in ein Kojotengeheul über.

Schräg gegenüber liegt der Aufgang zu Kirche und Friedhof; auf dem Torbogen ist ein großes, fremdartig wirkendes, steinernes Kreuz angebracht. Darunter eine verwitterte, lateinische Inschrift. Aus dem schmiedeeisernen Gitter des Tores sind seltsame Symbole getrieben; sie gleichen überdimensionalen Knoblauchzehen. Im Hintergrund das langgestreckte Kirchenschiff mit seinen bienenwabenartigen Fenstern, aus denen ein milchiges, blassgelbes Licht dringt. Direkt neben dem Aufgang ist ein zweites, weißgetünchtes Tor mit einem grell beleuchteten, vergitterten Fensterchen. Dahinter sitzt ein buckliger Wächter mit einer tief ins Gesicht gezogenen, schwarzen Wollmütze, Hakennase, halb geschlossene, vorstehende Augen. An nebligen Tagen könnte man hier glatt einen Drakula-Film drehen. Nur das Schild mit der Aufschrift „Müllabladen verboten" passt nicht so recht in die Bedrohlichkeit der transsilvanischen Kulisse.

Als Beckmann am nächsten Tag zu seinem kleinen Platz mit den korinthischen Säulen kommt, liegt plastiktütenweise Müll neben der rostigen Tonne. Da waren schon etliche Hunde am Werk. Sie haben die Abfalltüten zerfleddert und den Unrat, der ihnen nicht geschmeckt hat, in der Gegend verstreut. Beckmann macht einen großen Bogen um das übel riechende Schlachtfeld und hockt sich auf seine wackelige Bank. Heute kann kein Hund in der Tonne sitzen; zu voll. Ein hellbraunes, räudiges Vieh kommt aus einer dunklen Seitengasse, bleibt neben der Tonne stehen. Beckmann wird verbellt. Der Hellbraune hat ein unsympathisches Wolfsgesicht, ist aber harmlos. Beckmann spürt das und bleibt sitzen. Der Verbeller gibt auf und trollt sich. Auch der Schriftsteller bleibt nicht mehr lange. Es ist zwar nicht besonders kalt, aber es riecht ziemlich unangenehm, wegen des Schlachtfeldes.

Beckmann entdeckt in der hinteren, linken Ecke des Platzes, versteckt zwischen der Felswand des Grabenbruches und einer Hauswand eine mit Laternen beleuchtete Freitreppe, die den steilen Hang hinauf führt. Die Treppe ist von seiner Bank aus unsichtbar. Purer Zufall, dass er heute wegen des stinkenden Mülls einen weiten Bogen geschlagen hat.

Die Treppe ist ziemlich steil und ungepflegt. Reste von alten, liegen gebliebenen Erdrutschen machen sie an einigen Stellen nur so gerade noch passierbar. Eine lange, hohe, unverputzte Grundstücksmauer versperrt den Blick ins Tal. Die Mauer folgt den Krümmungen der Treppe. Der Schriftsteller denkt an eine gruselige Science-Fiction-Serie aus seiner Jugendzeit. Der Mattscheibenheld suchte eine Abkürzung, die er niemals fand und fiel böswilligen Wesen von einem fremden Stern in die Hände. Läge jetzt der notorische Nebel über Guápulo, würde Beckmann nicht weitergehen; ganz geheuer ist ihm die Gegend nicht. Doch der Himmel ist sternenklar. Eine zottelige, verwilderte Perserkatze huscht aus einem Loch in der Mauer, quer über drei oder vier Treppenstufen und verschwindet in dem dichten Buschwerk auf der Hangseite. Hinter der Mauer fängt ein Hund zu bellen an, ohne Volumen, aber laut; Kläffer! Etwas weiter talwärts stimmen nacheinander drei Jauler in das Spektakel ein. Beckmann kann sich gut vorstellen, wie diese Köter aussehen. Einfach nur Straßenhunde, ordinär, dreckig und noch nicht einmal sympathisch, laut, hässlich und feige.

Beckmann steigt weiter bergan. Die Viecher heulen ihm noch eine zeitlang hinterher, dann geben sie auf. Der Schriftsteller müsste jetzt nicht mehr sehr weit von seinem Haus entfernt sein, eher schon etwas höher; die Stufen nehmen kein Ende. Irgendwo muss die Treppe auf die Straße treffen, nur wo? Beckmann kann sich trotz seiner täglichen Spaziergänge an keine Einmündung erinnern. Die Stufen werden flacher, hören ganz auf. Rechts ist jetzt auch eine Mauer; die Laternen stehen in größeren Abständen. Beckmann sieht den langgezogenen Schatten eines Riesens vor sich; es ist sein eigener. Ein dunklerer, kleiner Schatten huscht dicht an seinem Kopf vorbei. Beckmann bleibt ruhig; er glaubt nicht an Fledermäuse auf Abendspaziergängen und geht weiter. Eine Laterne funktioniert nicht, lässt ein dunkles Stück zwischen dem Schriftsteller und der nächsten Lampe. Ein schummeriger Hohlweg führt nach links, dorthin, wo der Zugang zur Straße sein müsste. Beckmann biegt ab und steht vor einem Bungalow mit einem Arkadengang. An der Tür hängt ein riesiges, hölzernes Kreuz. Es ist von seiner Form her identisch mit dem Steinkreuz am Aufgang zum Friedhof. Doch das hier kann nicht die Kirche mit den Bienenwabenfenstern sein, da ist Beckmann sicher. Er wendet sich nach rechts, steht vor einem gähnenden Abhang, tief unter sich die hell beleuchtete, runde Kuppel der von indianischen Sklaven im 17. Jahrhundert erbauten Wallfahrtskrirche. Die hart weiße Fassade ist gleißend angestrahlt; der Baum auf dem Kirchplatz schimmert hellgrün, unter dem sternenklaren Himmel flimmern vor dem Horizont die Lichter von Cumbayá, der Geldadelsiedlung unterhalb von Quito. Der erste Blick nach dem langen Aufstieg über die steilen Treppen ist wunderschön, doch unvermittelt, ohne Geländer und doppelten Boden, zu plötzlich, tief, furchtbar tief; Beckmann weicht zurück. Im Tal rauscht der Fluss, kein Hundegebell.

Unter den Arkaden steht ein Mann; er trägt einen Sturzhelm, aufgeklebt ist das Friedhofskreuz im fluoreszierenden gelbgrün der Anti-Atomkraft-Bewegung. Dem Schriftsteller schießen angstgeladene, unkontrollierte Gedanken durch den Kopf: der Mann, der die Abkürzung suchte, die er niemals fand und Beckmanns Frau, die letztlich nach der dritten Flasche Wein plötzlich sagte: „der Tod kommt aus dem Nichts". Hoffnung; die Straße muss ganz in der Nähe sein, sonst könnte der Mann nicht mit dem Motorrad hier hin gekommen sein. Beckmann hört das Röhren und Klappern eines alten Geländewagens. Das Geräusch ist ziemlich weit entfernt, irgendwo unten im Tal; die Angst steigert sich wieder. Der Mann kann kein Motorradfahrer sein. Es gibt keine Sturzhelme mit fluoreszierenden Friedhofskreuzen.

Beckmann versucht hilflos, den Fremden zu grüßen, bringt keinen Ton heraus; seine Stimme erstickt in einem Angstkloß, der ihm die Kehle zuschnürt. Ein schwerer, schwarzer Schatten schiebt sich aus der Dunkelheit neben den Mann mit dem Helm, ein riesenhafter Hund mit milchig toten Augen setzt zum Sprung an. Kein Bellen, kein Knurren; Kraft sammelt sich in den mächtigen Muskeln des pechschwarzen Tieres; das mit Tigerzähnen gespickte Maul verzerrt sich zu einer Wolfsgrimasse und schießt auf die Kehle des Schriftstellers zu. Beckmann weicht zurück, sein rechter Knöchel schlägt um; er strauchelt, stürzt hinterrücks den Abgrund hinunter, überschlägt sich, ein Dornenbusch zerreißt seine Kleider, zerkratzt Hände und Gesicht. Der Schock und die Angst lassen ihn seine schweren Verletzungen nicht spüren. Er schlägt hart mit dem Hinterkopf auf und bleibt an einem vorstehenden Felsen liegen. Beckmann verliert das Bewusstsein.

Null Uhr neunundfünfzig: Andrea Beckmann wird wach. Das Bett neben ihr ist leer. Aus dem Tal klingen die scheppernden Glocken der Wallfahrtskirche von Guápulo. Andrea läuft im

Schlafzimmer auf und ab, raucht eine Zigarette, noch eine Zigarette. Die Kippen schmecken ihr nicht und beruhigen sie auch nicht; trotzdem raucht Andrea weiter. Die Kirchenglocken sind verstummt. Sie vernimmt überdeutlich das kehlige, durchdringende Fauchen eines fremdartigen Tieres.

Beckmanns Nachtwächter durchstreift vergeblich die ausgestorbenen Gassen des Varortes von Quito nach seinem Señor, dessen Abendspaziergänge er nie verstanden hat. Andrea Beckmanns Reisepass wird in den nächsten Tagen von der ermittelnden Polizei eingezogen. Sie hat bei ihrer Vernehmung falsche Angaben gemacht. Der Pfarrer der Wallfahrtskirche bezeugt, dass die Glocken von Guápulo niemals um ein Uhr in der Nacht läuten.

Schamane ohne Gesicht

Santo Domingo, Ecuador, 1.10.2014

Immer wieder wendet Fernando Larrea den Blick zu einem seltsamen, halb verblichenen Bild, das zwischen den diversen Utensilien und Figürchen auf dem Altar steht. Das Bild zeigt den Vater des Schamanen, den Mann, von dem Dario Calazacón einst sein gespenstisches Handwerk gelernt hat. Doch Larrea kann das Gesicht des Vaters nicht erkennen; er blickt in eine leere, bleiche Fläche.

Der Schamane hat Fernando Larrea versprochen, die schlechte Energie aus ihm heraus zu ziehen und ihm neue Kraft zu geben. Calazacón junior vollzieht das hundertfach erprobte Ritual mit ruhigen Bewegungen und eintöniger Stimme. Immer wieder streift er einen Kräuterwedel über Larreas Körper und hüllt seinen Patienten in eine dichte Wolke aus Zigarettenrauch. Er besprüht den Mann aus Quito mit Schnaps und klopft seinen Körper sachte ab, zuerst mit schwarzen, glatten Steinen und dann mit dem harten Holz der Chontapalme. Ein stiller Friede, der aus Dario Calazacón heraus in den kleinen, dunklen Raum strömt, lässt Fernando Larrea in den Schamanen vertrauen. Wieder versprüht der Heiler den Schnaps des Rituals; er entzündet ein Streichholz in der Alkoholwolke, und Larrea ist in eine grelle Feuersbrunst gehüllt. Er verspürt keine Angst; und schon sind die Flammen wieder erloschen. Larrea schaut wie magnetisiert zu dem Mann ohne Gesicht auf dem Altar. Der alte Schamane muss schon vor Jahren verstorben sein; doch sein formloses Antlitz lässt einen körperlich spürbaren Schatten in den Raum treten und beherrscht ihn.

Dario Calazacón flüstert mit seiner eintönigen Stimme:

„Sorgen Sie sich nicht, Don Fernando."

Er zeigt auf eine Glaskugel, die bläulich schimmernd mitten auf dem Altar ruht, direkt neben der Miniaturreplik einer Statue von der chilenischen Osterinsel:

„Die Kugel ist klar."

Larrea hat plötzlich das Gefühl, dass der kleine Götze von der Osterinsel ihn mit seinen bleichen Korallen-Augen anschaut. Der Schamane fährt fort:

„Die Kugel hat keine dunklen Flecken. Die Geister sind Ihnen wohlgesonnen, Sie haben in der nächsten Zeit nichts zu befürchten. Die Kugel ist völlig klar, glasklar und rein!"

Beim Herausgehen fragt Larrea den Schamanen:

„Wie kommt es, dass Ihr Vater auf dem Bild kein Gesicht hat? Ansonsten ist das Gemälde doch so gut erhalten und klar. Nur das Gesicht ist eine weiße Fläche."

„Don Fernando, ich verstehe ihre Bemerkung nicht; natürlich hat mein Vater ein Ge...", Calazacón beißt sich auf die Lippen; seine Augen erstarren; ihm tritt plötzlich Schweiß auf die Stirn. Hinter Calazacón fällt etwas um. Larrea schaut zurück in den Raum. Er sieht das Bild des alten Schamanen mit dem leeren Gesicht nach unten auf dem Altar liegen, direkt neben dem Götzen der Osterinsel. Die Figur schaut Larrea noch immer an; in seinen weißen Augen ist ein wissendes Flackern. Dario Calazacón zerrt Larrea hektisch aus dem Raum. Er ist kreidebleich und mit kaltem Schweiß überströmt.

Hanga Roa, Osterinsel, 13.10.2014

Man nennt sie die sehende Statue, denkt Fernando Larrea und versteht warum. Die Steinfigur hat genauso kalte, weiße Augen wie das Figürchen auf dem Tisch des Schamanen in

Santo Domingo. Die Augen aus weißer Koralle starren von der Küste ins Landesinnere. Larrea hat das Gefühl, dass auch dieser echte Moai ihn beobachtet, so wie das Figürchen auf dem Altar des Schamanen es getan hat. Doch das Original ist um so viel größer und majestätischer; vielleicht viermal so hoch wie ein Mensch. Die Figur ist wie aus einer anderen Welt, und hier fernab von allen Kontinenten hat sie ihren Beobachtungsposten für die Ewigkeit gefunden.

„Warum schaust du mich an?", flüstert Larrea. Die Figur schweigt.

„Ich spüre, dass du mir etwas sagen willst. Du schaust mich genauso an wie ein ganz kleiner Bruder von dir, der weit weg von dir in der Hütte eines Zauberers steht."

Larrea denkt an den Schamanen ohne Gesicht; und an den Kommentar seines lebendigen Sohnes:

„Ich verstehe Ihre Frage nicht; natürlich hat mein Vater ein Gesicht!"

Larrea erinnert sich daran, dass Dario Calazacón den Satz nicht ganz zu Ende gesprochen hat und plötzlich völlig verändert und abweisend war. Der völlig ungewöhnliche Ablauf der Reinigungszeremonie hatte den Ausschlag gegeben. Nach dem Besuch bei dem Schamanen gab es für Fernando Larrea kein Zurück; eine fordernde, innere Stimme hatte erst wieder geschwiegen, als er endlich im Flugzeug zur Osterinsel saß.

„Viele tausend Kilometer bin ich geflogen, um herauszufinden, was ihr mir sagen wollt. Ich habe eure Geschichte rauf und runter gelesen; ich habe gelernt, dass ihr keine Götzen seid, sondern Königsbilder. Doch in keinem all dieser Bücher steht, was ihr mir sagen wollt. In keinem der Bücher steht etwas über das Gesicht des Schamanen."

Wieder schweigt die sehende Statue. Larrea weicht dem starren Korallenblick aus. Nach einer Weile wendet er sich ab und geht an dem felsigen Ufer entlang auf die Ortschaft zu.

Jemand folgt ihm. Larrea verlangsamt seinen Gang. Die Schritte kommen näher. Larrea hat ein ungutes Gefühl und geht wieder etwas schneller. Die Schritte bleiben hinter ihm. Das ungute Gefühl wird stärker. Larrea greift in seine rechte Hosentasche und umfasst instinktiv den Schaft seines Taschenmessers. Dann dreht er sich abrupt herum. Larrea blickt in ein teigiges Gesicht mit einer langen Nase und dümmlichen Schweinsaugen.

„Was haben Sie denn heute Morgen gemacht; auch eine Inselrundfahrt? Das ist ja alles nicht weit hier. Oder waren Sie schon in Orongo? Der Rano Kau Krater ist ja wirklich einmalig schön. Fantastische Landschaft!" Der Tourist fummelt an seinem Fotoapparat herum und drückt Larrea die Kamera in die Hand.

„Wollen Sie ein Foto von mir machen; vor den Götzen?"

Fernando Larrea nickt ergeben. Der Tourist postiert sich vor den fünf Moai, die auf einem Podest stehen und stumm dem Landesinneren zugewandt sind. Er reckt seine lange Nase in den Wind und lächelt ein Welteroberungslächeln; Larrea fotografiert.

„Wie schön, dass wir uns gestern im Hotel kennen gelernt haben. Jetzt hab ich auch noch ein wundervolles Andenkenfoto von meinem Besuch auf der Osterinsel", der Tourist legt eine selbstverliebte Extrabetonung auf das Wort „meinen". Larrea lächelt milde.

„Señor, wollen Sie mir nicht erzählen, was Sie hier schon unternommen haben? Sie sind so schweigsam, dabei ist die Insel so wunderbar. Sie haben doch bestimmt auch Rano Raraku gesehen, nicht wahr; einfach fantastisch, wie die Köpfe der Götzen da am Hang liegen!"

„Ich war in der Bibliothek."

Der Tourist schaut ihn verständnislos aus seinen Schweinsaugen an; seine lange Nase kräuselt sich:

„In der Bibliothek?"

„Ja", Larrea schenkt ihm einen wissenden Blick, „auch das kann sehr interessant sein."

„Wirklich?"

„Ja, dort habe ich zum Beispiel erfahren, dass es sich hier nicht um Götzen handelt. Es sind in Wirklichkeit Abbilder verstorbener Könige. Und die Augen der Moai sind aus weißer Koralle und aus roter Schlacke gefertigt."

„Was Sie nicht sagen", der Tourist schüttelt sein Teiggesicht und nuschelt:

„Ich muss weiter, schönen Tag noch."

Dann trollt er sich eiligen Schrittes. Larrea beobachtet noch eine Zeitlang die fünf vor dem dunklen, unruhigen Meer aufgereihten Statuen. Die zerklüftete Küste erinnert ihn ein wenig an Schottland.

Hanga Roa, Osterinsel, 14.10.2014

Am nächsten Tag geht Larrea auf der anderen Seite von Hanga Roa die Küste entlang. Er steigt zum Meer hinab und betritt eine über die Jahrtausende in die Felsformationen gewachene Höhle. Die Brandung schlägt gegen das zerklüftete, schwarze Lavagestein. Die Höhle ist klein. An der Decke sind tatsächlich Reste von Wandmalerei erkennbar, in weiß und in ocker; Vogelmotive, wie im Reiseführer beschrieben, kann Larrea nicht ausmachen. Er dreht sich herum und blickt einem kleineren Moai in die weißen Korallenaugen. Larrea lächelt; davon stand nichts im Reiseführer, aber das ist doch die wahre Attraktion der Ana Kai Tangata Höhle. Er betrachtet längere Zeit die Figur und versucht mit ihr ins Gespräch zu kommen. Doch auch dieser Moai ist verschlossen. Larrea geht ein paar Schritte weiter. Vom Meer her fällt gleißendes Licht in die Höhle. Larrea ist für einen Moment geblendet. Er wendet sich zur Seite; und plötzlich starrt er in das grässlich leere Gesicht des Schamanen. Er macht einen panischen Schritt nach hinten, stolpert, stürzt zu Boden. Larrea liegt auf dem Rücken und blickt gegen eine schwarze Felswand.

„Ich wollte Sie nicht erschrecken", sagt der schweinsäugige Tourist.

„Entschuldigen Sie", stammelt Larrea, „ich hatte Sie nicht kommen hören und war total geblendet von diesem ... hm ... diesem wunderbaren Südseelicht." Larrea muss über sich selbst lachen. Wie konnte er sich nur so vor dem blöden Touristen erschrecken.

„Waren Sie noch mal in der Bibliothek?"

„Wie kommen Sie darauf?"

„Sie sind doch sehr an der Geschichte der Insel interessiert."

„Ja, ich habe das Gefühl, dass es einen ganz, ganz engen Zusammenhang mit meiner Heimat gibt – obwohl die Menschen hier ja ganz anders aussehen."

„Wie meinen?"

„Spätestens seit Thor Heyerdahl wissen wir, dass es möglich ist, mit einem einfachen Boot vom südamerikanischen Festland hierhin zu gelangen."

„Dann sind Sie also dem Geheimnis Ihrer Vorfahren auf der Spur, den alten Inkas; die haben sicher die seltsamen Figuren hierhin gestellt", Teiggesicht lässt seine Schweinsäugelein aufblitzen, als ob er jetzt etwas sehr Kluges gesagt hat.

Larrea schafft es schließlich, das Gespräch höflich zu beenden. In gewisser Weise lag der unbedarfte Tourist sogar richtig. Larrea ist tatsächlich einem Geheimnis auf der Spur; und mittlerweile verdammt nah dran. Nach der Begegnung mit dem Schamanen ohne Gesicht kommt er nicht mehr von der Sache los. Er weiß, dass dieser Schamane sehr wohl ein Gesicht hat, und er muss dieses Gesicht sehen. Larrea spürt, dass der Schlüssel des Geheimnisses hier auf der Osterinsel liegt; das war ihm viele tausend Kilometer Reise wert; die Blicke des kleinen Moai auf dem Altar waren eindeutig! Larrea wird wie magnetisch angezogen von dem Geheimnis, und doch hat er immer wieder Angst davor. Dabei wirken die steinernen Könige überhaupt nicht bedrohlich auf ihn. Sie strahlen eine kaum zu beschreibende Ruhe aus, eine ewige Ruhe, die sich jedes Mal auf Larrea überträgt, wenn er sich einem der Moai nähert. Larreas Gedanken schweifen zwischen der magischen Anziehung, der Ruhe und seiner Furcht, und plötzlich fällt ihm eine Ungereimtheit auf: Wieso stand eigentlich dieser Moai in der Höhle? Larrea hatte noch nie von einem Moai gehört, der in einer Höhle aufgestellt worden ist. Die Statue gehörte dort nicht hin! Er fragt an der Hotelrezeption, um sich zu vergewissern und erntet lediglich ungläubige Blicke:

„Nein, in der Ana Kai Tangata Höhle gibt es keinen Moai, natürlich nicht!"

Santo Domingo, Ecuador, 14.10.2014

Dario Calazacón betritt den Altarraum. Die weißen Augen des kleinen Moai starren ihn schadenfroh an. Calazacón blickt lange in die bläuliche Kristallkugel. Sie ist trübe; dunkle Flecken im Kristall strahlen schlechte Energie ab. Der Schamane ist besorgt; er fühlt sich matt und kraftlos, wie ein poröser Ballon, aus dem nach und nach die Luft entweicht. Calazacón kniet sich vor das Bildnis seines Vaters. Auf dem Antlitz des alten Zauberers liegt ein matt grauer Schleier.

„Ich glaube, ich habe einen schwerwiegenden Fehler gemacht", denkt Calazacón. Kleine Fehler, ja selbst ein Verplappern, können die Geister erzürnen und tödlich für die Kräfte eines Zauberers sein. Er hätte absolutes Stillschweigen bewahren müssen; so wollen es die ewigen Gesetze der Anderswelt. Sein Vater muss für die Außenwelt gesichtslos bleiben; jetzt und in alle Ewigkeit.

Rano Raraku, Osterinsel, 15.10.2014

Der Himmel hinter dem Rano Raraku Krater ist grau. Es ist ein schweres Grau, so wie Watte aussähe, wenn sie aus Blei wäre. Nur zum Meer hin gibt es ein paar Flecken blauen Himmels; ein schönes, klares Blau wie das Himmelblau auf einer besonders teuren Postkarte. Lange sitzt Larrea vor dem fast fünf Meter hohen Kopf, der schräg aus der Erde ragt. Die Moai am Rano Raraku sind die größten und auch die jüngsten aller Statuen der Osterinsel. Kurz nach ihrer Fertigstellung ist die Kultur auf der Osterinsel quasi von heute auf morgen wie vom Erdboden verschwunden. Manche der Moai sind noch nicht einmal fertig geworden. Zurück blieb an den Hängen des Rano Raraku ein gigantisches, verlassenes Freilichtatelier, ein Statuenfriedhof, für den es keine wirklich überzeugende Erklärung gibt. Die großen Statuen sind überall auf dem Hang verteilt, anscheinend ohne jedes System, wie liegengelassen. Steinerne Schädel aus einer anderen Welt mit edlen Gesichtern und langen, herabhängenden Ohren. Die Augen liegen tief in ihren Höhlen; die großen, schlanken Nasen geben den Moai etwas aristokratisches. Ihre Lippen sind stumm aufeinander gepresst, als seien sie zum ewigen Schweigen verdammt. Doch Larrea weiß, dass die Statuen ihm etwas sagen wollen; er ist sich sicher, sie kennen das Gesicht des Schamanen.

Santo Domingo, Ecuador, zur selben Zeit

Dario Calazacón fühlt sich unendlich müde und schwach. Er kniet sich wieder vor das Bildnis des verstorbenen Schamanen. Das Gesicht kann er kaum noch erkennen. Zu dicht sind die grauen Nebel, die ihn von seinem Vater trennen. Calazacón weiß, dass seine unvorsichtigen Worte gegenüber Larrea einer Offenbarung ihren Lauf gegeben haben, die nur noch von sehr starken Mächten beeinflusst werden kann. Calazacón spürt, dass nicht mehr viel Zeit bleibt. Seine letzte Hoffnung sind die Moai.

„Ihr hattet Anteil an dem, was passiert ist. Doch ihr seid gut, auch ihr wollt nicht, dass ich Schaden nehme. Ihr habt die Kraft und die Weisheit, das Geheimnis wieder einzuschließen."

Der kleine Moai auf dem Altar will ihm keine Hoffnung geben. Er stiert ihn bloß aus seinen Korallenaugen an; abweisend und furchtbar starr. Doch der Schamane gibt nicht auf. Er sammelt all die Energie, die noch in ihm steckt. Mit einer fast übermenschlichen Kraftanstrengung hält Calazacón dem schrecklich starren Blick stand, um sich Zugang zur Anderswelt zu verschaffen. Und plötzlich bemerkt er, dass der Blick der Statue überhaupt nicht abweisend ist; hinter dem weißlichen Schimmer der Koralle liegt ein stummes Bedauern und Hilflosigkeit; Hilflosigkeit und völlige Ohnmacht. Calazacón sinkt in sich zusammen. Nach einer Weile bekreuzigt er sich und betet in verzweifelter Hoffnung zum Gott der Christen. Dann nimmt er ein Tuch von der rechten Seite des Altars und verhängt das Bild seines Vaters.

Rano Raraku, Osterinsel, kurz danach

Larrea schaut hoch zu der schräg im Erdreich ruhenden Statue. Der Moai strahlt wissende Ruhe aus. Hinter dem gigantischen Kopf liegt eine schwarze Gewitterwolke. Ganz langsam neigt der Moai sich nach vorn und kommt Larrea näher. Tonnen von Stein schweben über Larreas winzigem Körper, sie kommen ihm näher und näher und näher. Die Statue ächzt im Erdreich. Larrea spürt schreckliche Angst, Panik, will aufspringen, ist selbst schwer wie Stein, an den Erdboden gefesselt. Sonnenstrahlen brechen neben der schwarzen Wolke hervor, sie beleuchten das Gesicht des steinernen Königs. Calazacón junior hatte Recht! Natürlich hatte der Schamane auf dem Bild ein Gesicht. Larrea sieht es jetzt deutlich vor sich. Eine zuvor nie erlebte, sanfte Kraft strömt in den Mann aus Quito. Die Statue bewegt sich nicht mehr auf ihn zu. Sie steht so fest wie seit Hunderten von Jahren. Neben dem Moai erscheint die silbrige Sichel des Mondes in einem sich auftuenden Himmel. Larrea lächelt wissend.

Santo Domingo, Ecuador, 22.10.2014

Fernando Larrea verneigt sich bescheiden vor dem jungen Schamanen. Dann sagt er:

„Ich glaube, ich kann jetzt das Gesicht Ihres Vaters erkennen."

Calazacón macht ein entsetztes Gesicht, doch er sagt nichts; denn es gibt nur noch eine Lösung. Er bittet Larrea in den Raum mit dem Altar.

Auf den ersten Blick ist alles wie beim letzten Mal. Nur das Bild des Vaters ist mit einem Tuch verhangen – und der kleine Moai hat keine weißen Augen mehr. Larrea spürt eine plötzliche Gefahr; die Statuen bringen nur Ruhe, solange sie sich nicht verändern. Wieso hat der Moai keine Augen mehr? Lächelt die Figur ihn freundlich an oder grinst sie teuflisch? Wieso ist das Bild des alten Zauberers verhangen? Larrea will das Gesicht des Schamanen nun auch auf dem Bildnis sehen. Er zeigt auf das verhangene Gemälde, doch seine Worte werden von einer langsam aufkommenden Angst unterdrückt. Seine Furcht ist stärker als all die magischen Kräfte, die auf der Osterinsel in ihn strömten. Calazacón greift zu einer der Flaschen auf dem Altar. Die Angst sagt Larrea, dass es eine andere Flüssigkeit ist; nicht der Schnaps, mit dem der Schamane sonst seine Patienten besprüht. Doch er ist wie gelähmt, seine Augen werden magisch angezogen von dem verhangenen Bildnis. Calazacóns Bewegungen sind fahrig; er führt mühsam die Flasche zum Mund und hält zitternd eine brennende Kerze zwischen Larrea und sich. Endlich schafft Larrea es, seine Blicke von dem Bild zu loszureißen. Er starrt den bleichen, zitternden Schamanen an. Das letzte, was Fernando Larrea wahrnimmt, ist ein explodierendes Licht, heller als jemals die Sonne war. Calazacón übergießt sein lichterloh brennendes Opfer mit Kerosin.

Magische Anziehung

Sergio Bustamante tritt weit von den Gleisen der Untergrundbahn zurück. Als der Zug aus dem Schacht in die Metrostation donnert, lehnt Bustamante sich fest an die kalten Kacheln des Tunnels. Das rhythmische Rumpeln schwillt noch einmal an, die Kompressorbremsen zischen und die Elektromotoren heulen herunter. Wenn all diese Geräusche ungestüm miteinander verschmelzen, das ist der ideale Moment, um sich vor die Bahn zu werfen – der sichere, schnelle Tod. Jetzt sind die ersten Wagen des Zugs auf gleicher Höhe mit Bustamante, der sich noch immer verkrampft und fest an die Kacheln drängt. Die Bahn wird langsam, mit ihren abflauenden Geräuschen lässt die Spannung, dieser verfluchte Magnetismus nach. Seine Todessehnsucht klingt ab. Der Zug steht. Bustamante atmet auf.

Die Sehnsucht nach dem Spiel mit dem Tod hält den Chilenen davon ab, rational zu sein und seinem Überlebensinstinkt folgend ganz auf Fahrten mit der verführerischen Untergrundbahn zu verzichten. Da ist ja auch dieser wahnsinnige Kick, der jedes Mal warm durch seinen Körper und sein Gehirn schießt, wenn er die stehende Bahn sieht und weiß, dass er es wieder einmal gepackt und die magische Anziehung besiegt hat.

Sergio Bustamante steigt in die Bahn. Er blickt in graue, starre Gesichter, Alltagsgesichter, die tot vor sich hin stieren. Station Plaza de Armas. Bustamante rennt aus dem Zug, die Treppen hinauf in die Kälte des Abends. Er musste sofort weg, weit weg von den Gleisen, bevor der nächste Zug kam. Heute war die Todessehnsucht größer, unmittelbarer. Bustamantes Ende war näher als sonst; und dennoch war der Kick ausgeblieben.

Alles war anders. Doch Bustamante ist innerlich noch nicht bereit; er spürt, dass seine Zeit noch nicht gekommen ist. Er hat eine Verabredung, eine besondere Verabredung, die Verabredung mit einer außergewöhnlichen Frau.

Irgendetwas ist ihm von Anfang an seltsam vorgekommen an dieser Frau. Genau genommen sind es viele kleine Dinge, die ihn an ihr irritieren. Ihr extrem schöner Körper und ihr altes Gesicht; die Unruhe, die sie ausstrahlt, die unverständlichen Worte, die sie bisweilen spricht. Und doch zieht sie ihn magisch an, ein undurchschaubarer, dunkler Engel, das geheimnisvolle, erotische Gegenstück seiner Todessehnsucht, die ihn immer wieder in die Schächte der Metro treibt. Bustamante schaut auf seine Armbanduhr; es ist fast Viertel vor acht. Exzessive Unpünktlichkeit, noch etwas, das ihn an der außergewöhnlichen Frau irritiert. Er schlägt den Kragen seines Trenchcoats hoch. Es ist Winter in Santiago und kalt, genauso kalt wie in der Nacht, als er sie zum ersten Mal sah.

Bustamante erinnert sich. Es war spät am Abend. Am Ende des Paseo Ahumada hatte ein wunderbarer Schnulzensänger gerade die letzte Zugabe in der winterlichen Nacht ausklingen lassen. Langsam zerstreuten sich die Zuhörer mit von der Kälte sichtbar gemachtem Atem. Ein Streifenwagen der Carabineros begann seinen langsamen Zug durch die Fußgängerzone, um Straßenhändler, Falschspieler und kommerzielle Hexen, die den Menschen die Tarot-Karten legen, von der breiten Promenade zu vertreiben. Auch für Sergio Bustamante war es in jener Nacht zu früh, um nach Hause zu gehen. Er hat kaum Freunde und hasst belanglose Kommunikation. So sagen ihm auch Kneipen nichts. Und in seinem schmucklosen, kahlen Apartment hält er es nur aus, wenn er müde genug ist, um zu schlafen. Bustamante geht gerne spazieren, oft mehrere Stunden lang und am liebsten nachts. Spaziergänge erleichtern seine Seele, lassen die Todessehnsucht in der Leichtigkeit seiner federnden Schritte hinwegschweben und sich eine Zeitlang im Nichts auflösen.

Trotz der späten Stunde und trotz der Carabineros war der Paseo Ahumada noch ziemlich belebt. Plötzlich entdeckte Bustamante die magische Frau im Gewimmel der bummelnden Menschen. Sie trug unter einem kurzen Mantel einen für die Kälte der Nacht fast schon provozierenden Minirock. Ihre tollen Beine waren von hauchdünnen Seidenstrümpfen umspielt. Die Frau hatte die Figur eines jungen Mädchens. Er konnte seine Blicke nicht von ihr lassen, so einmalig schön war ihr Körper. Als die Frau stehen blieb und sich zu Bustamante herum drehte, lächelte sie. Es war ein charmantes, schüchternes Lächeln; es war aber auch ein etwas schiefes Lächeln aus dem unebenen Gesicht einer vergrämten Fünfzigjährigen. Bustamante wusste nicht, ob das Lächeln ihm galt. Die alte Frau mit der Mädchengestalt drehte sich wieder in die andere Richtung und stöckelte graziös den Paseo Ahumada hinunter. Ihre Bewegungen waren elegant und sinnlich. Sergio Bustamante spazierte einfach eine Zeit lang hinter ihr her; er genoss den aufreizenden Anblick ihres Gangs. Wie zufällig bog sie erst in die Alameda und später am Kloster San Francisco in die Calle Londres, in die Straße, in der Bustamante wohnt. Er folgte ihr. Sein Herz klopfte. Er begann an ein beängstigendes, erotisches Wunder zu glauben, das sich plötzlich für ihn auftat. Und die Frau blieb tatsächlich vor der Tür zu seinem Apartment stehen. Sie schaute die Fassade hinauf. Bustamante beschleunigte seinen Schritt, war nur noch zwei, drei Meter von ihr entfernt. In diesem Moment ging sie weiter, schnell, fast fluchtartig und bog in die nächste Querstraße. Noch lange stand Sergio Bustamante konsterniert vor seiner Haustür und starrte verwirrt in die Kälte der Nacht.

Am nächsten Abend streunte er wieder durch das Zentrum der chilenischen Hauptstadt. Wie immer saßen Blinde, Krüppel und in Lumpen gehüllte Schuhputzer vor den Glaspalästen und klassizistischen Fassaden des Paseo Ahumada. Die graue, deprimierende Armut im Schatten des Wohlstands entwickelterer Länder. Der Sänger hatte sein Programm beendet und Bustamantes Stimmung durch seine gefühlvollen Schnulzen ein wenig aufgehellt. Ein ungleiches Paar turtelte über die den Tag beendende Geschäftsmeile. Sie war mittelgroß und scheckig; die Hündin hatte ein schlechtes Fell und einen selbstgefälligen Gang. Neben ihr ein dreckiger, dickpelziger Rüde, der Reste einer kleinstwüchsigen Edelrasse im Blut haben konnte. Der Winzling hielt mühsam Schritt und versuchte sein Bestes, die leicht desinteressierte Hündin zu bespringen. Sergio Bustamante schaute amüsiert zu. Plötzlich entdeckte er sie wieder, die seltsame Frau. Es war an diesem Abend noch ein wenig kälter; doch ihr Minikleid war keinen Deut länger als das Gestrige. Die Frau verschwand so schnell wie sie aufgetaucht war in einer Apotheke, die trotz der späten Stunde noch Kunden bediente. Der kleine Pelzige hatte es inzwischen geschafft, doch er konnte sich nicht auf dem Rücken der Hündin halten. Deren Blick blieb teilnahmslos. Sie ging einfach weiter, und der Kleine startete seinen nächsten Versuch. Von der Seite betrat ein Schäferhund die Szene. Die Hündin war deutlich interessierter.

Bustamante behielt abwechselnd den Eingang zur Apotheke und das Spiel der Tiere im Auge. Der große Rüde stupste die Hundedame mit der Schnauze; die fuhr herum und versuchte den Kleinen los zu werden, der immer noch nicht aufgegeben hatte. Die drei Tiere verkeilten sich ineinander, bellten, bissen, jaulten. In diesem Moment kam die Frau mit der Traumfigur wieder aus der Apotheke. Sie schreckte zurück. Sergio Bustamante fasste sich ein Herz und sprang zwischen die kämpfenden Hunde und die Frau.

Die mit sich selbst beschäftigten Tiere verzogen sich in Richtung Straßenmitte. Das schiefe Lächeln der Frau war erleichtert, und tatsächlich kam Bustamante irgendetwas Charmantes über die Lippen. Und nach ein paar Worten auf der Straße saßen sie in einer nahe gelegenen Bar bei einem Glas Rotwein.

Beim besten Willen, er kann sich heute nicht mehr genau an die Konversation erinnern. Nur daran, dass die Anziehungskraft der Frau auf ihn immer stärker wurde. Auch daran, dass sich sein anfänglicher Verdacht, sie sei eine ältliche Prostituierte, schnell zerstreute. Sie wollte ihm keine Telefonnummer von sich geben, doch sie sagte mit einem hintergründigen Lächeln:

„Wir werden uns wiedersehen."

Und so war es, doch sie ließ ihn bei jeder Verabredung lange warten. Und immer schien sie gehetzt zu sein, wie von einer inneren Unruhe zerfressen. Diese Unrast zerstörte die erotische Ausstrahlung ihres Körpers. Und doch hatte Bustamante sich an die Treffen mit ihr gewöhnt. Die Frau mit dem alten Gesicht nahm ihm einen Teil seiner Depressionen; doch sie machte ihm auch Angst. Ihren wirklichen Namen verschwieg sie ihm; sie sagte nur geheimnisvoll:

„Nenn mich Luz, nenn mich Licht, ich werde dir ein Licht sein."

Nun steht Bustamante seit fünfzig Minuten vor der Kathedrale. Die Messe ist beendet, und die Gläubigen verlassen das Gotteshaus. Sergio Bustamante betritt die Kirche und lässt den gigantischen Tempel auf sich wirken. Die Orgel schweigt bereits, doch die Luft ist noch von schwerem Weihrauch gesättigt. Dann geht das Licht aus. Das Kirchenschiff ist in ein gespenstiges Halbdunkel getaucht. Plötzlich steht die Frau vor ihm.

„Ich war etwas zu spät und sah dich gerade in die Kirche hinein gehen; bin dir gefolgt."

Sergio Bustamante ist sich sicher, dass die Frau gelogen hat. Definitiv; sie muss aus dem hinteren Teil des Tempels gekommen sein. Er schweigt. Sie lächelt. Es ist ein schiefes, versteinertes Lächeln, das sich plötzlich in eine grausige Fratze verwandelt. Ihr Gesicht wird zu einem grässlichen Totenkopf. In den Augenhöhlen schimmert fahles Weiß ohne Blick. Ein furchtbarer Stich reißt Bustamantes Brust von innen auf. Er taumelt gegen eine der gewaltigen Säulen des düsteren Kirchenschiffs.

Instinktiv greift Bustamante in die Innentasche seines Jacketts. Die Herztabletten. Mit fahrigen Bewegungen öffnet er die Pillendose. Er schafft es durchzuatmen und zwei der Tabletten hinunter zu schlucken. Ganz langsam lassen die stechenden Schmerzen etwas nach. Die Frau tritt auf ihn zu und sagt:

„Sergio, lass zu, dass ich dir helfe."

Alles Fratzenhafte, alles Grausige ist aus ihrem Angesicht verschwunden; ihre Züge sind im Halbdunkel elfenhaft weich gezeichnet. Die eben noch toten Augen der Frau sind plötzlich so liebevoll, wie Bustamante es noch nie bei einem Menschen erlebt hat. Doch er hat Angst. Bustamante schüttelt den Kopf und tritt einen Schritt zurück. Sie folgt ihm und schmiegt sich mit ihrem wunderbaren Körper fest und gefühlvoll an ihn. Er spürt, wie sein Herz wieder gleichmäßig zu schlagen beginnt und lächelt. Sie flüstert:

„Ich hab mir solche Sorgen um dich gemacht."

In dieser Nacht nimmt Bustamante die Frau mit in sein Apartment. Er hat keine Angst mehr vor dem Tod.

Metrostation Plaza de Armas zwei Tage später. Bustamante tritt weit von den Gleisen zurück. Er spürt keine Todessehnsucht, er hat keine Angst, er tut es schlicht aus alter Gewohnheit. Sergio Bustamante denkt an die Frau, die sich Luz nennt. Er denkt an die Frau, die durch ihre Zärtlichkeit Licht in sein

Leben gebracht hat. Die Nacht mit ihr war wundervoll, leidenschaftlich, eine in Bustamantes Leben einmalige, ungeahnte Gefühlsexplosion. Die Liebe verdrängte das grausige Bild in der Kathedrale, verdrängte die Erscheinung des Todes. Der einzige Wermutstropfen: die geheimnisvoll erotische Frau wollte ihm keine Adresse von sich geben, noch nicht einmal eine Telefonnummer. Sie sagte nur:

„Sergio, glaube mir, du wirst mich wiedersehen."

Und Bustamante glaubte ihr.

Seine Blicke schweifen gedankenverloren durch die Metrostation. Plötzlich entdeckt er sie auf dem gegenüberliegenden Bahnsteig. Luz hat einen weichen, langen Pelzmantel übergeworfen, aus dem hohe Pumps und gemusterte Seidenstrümpfe hervorlugen. Sie lächelt. Ihr Gesicht ist jugendlich und eben wie nie zuvor. Luz, das Licht seines Lebens. Sie lässt ihren Mantel zurück gleiten und legt den Pelz über den Arm. Ein schwarzes, enganliegendes Minikleid umspielt ihren einzigartigen Körper. Bustamantes Geliebte ist wunderschön. Er geht ihr entgegen. Der Zug donnert aus dem Schacht in die Metrostation. Das rhythmische Rumpeln schwillt noch einmal an, die Kompressorbremsen zischen und die Elektromotoren heulen herunter. Bustamante will von der Bahnsteigkante zurück treten. Doch es ist zu spät. Bustamante ist den Gleisen schon zu nahe. Seine Zeit ist gekommen.

Die Männer im Meer

Der indische Ozean zieht sich in etwas mehr als vierundzwanzig Stunden zweimal bis hinter das Korallenriff zurück. Hervor treten Steine und Sand, Algen, Muscheln, Seeigel und Seegräser, hier und da verrottete, im Laufe der Zeit mit Meeressand aufgefüllte Getränkedosen und ein paar durchweichte, achtlos weggeworfene, leere Zigarettenschachteln. Dazwischen wuseln Krebse und Krabben. Sie suchen die auf dem freigespülten Meeresboden verbliebenen lauwarmen Wasserpfützen, in denen sich kleine Seeschlangen, flache Wasserwürmer mit pelzigen Fühlern und winzige, mal graue, mal bunte Fische tummeln. Einige der Krebse huschen in kleine Löcher im Sand, in denen sie genügend Wasser vermuten. Der Ozean lebt auch bei Ebbe.

Ein ältlicher Tourist schaut aus dem Fenster seines Zimmers über das Geländer weg auf das verschwundene Meer. Ein großer, schwarzer Vogel zieht über die braun, beige, dunkelgrün und mattblau schimmernde Wattenlandschaft. Das Leben im Watt kann der Tourist von seinem Zimmer des hoch auf einer Klippe erbauten Paradise Beach Hotels nicht erkennen. Friedhelm Haase ahnt auch nichts davon. Seine Frau mag das Meer nicht. Bisher haben sie sich nur am Swimmingpool aufgehalten. Dort gibt es keine Meerestiere, auch keine Algen, nur die Farbe des Wassers gleicht der des Ozeans, wenn er sich im fotogenen, klaren Blau der Nachmittagssonne präsentiert. Der Tourist kennt das Meer nicht.

„Da vorne im Wattenmeer, da sitzen immer zwei Männer. Weißt du, was die da machen?"

„Nein."

„Die sitzen aber jeden Morgen da, Christine."

„Na, und."

„Sitzen die eigentlich auf Steinen oder haben sie sich kleine Hocker mit nach draußen genommen?"

„Das weiß ich doch nicht!"

Die Gattin des Touristen verdreht die Augen; sie ist genervt. Haase kramt umständlich auf seinem Nachttisch herum.

„Kommst Du jetzt endlich mit zum Frühstück?!"

Christines Stimme hat einen ganz und gar unfreundlichen, fordernden Unterton. Friedhelm gibt trotzig zurück:

„Ich suche jetzt erst meine Brille, weil ich mir genau ansehen möchte, was die Männer da machen."

„Die machen nichts, das kann ich dir auch so sagen. Hier machen viele Leute nichts, einfach nichts."

Der Tourist hat seine Brille gefunden und setzt sie auf. Nach einer Weile sagt er:

„Im Moment machen sie wirklich nichts."

„Hab' ich dir doch gesagt, nun komm!"

Haase trottet verdrossen hinter seiner Frau in den Speisesaal. Er will wissen, was es mit den beiden Männern auf sich hat, die ständig dort im Wattenmeer hocken und anscheinend den ganzen Tag lang nichts tun. Das ist doch eine interessante Frage, der man einmal nachgehen sollte. Nur mit seiner Frau kann er einfach nicht darüber reden. Heute ist sie wieder besonders unausstehlich. Das Ehepaar Haase schweigt sich beim Frühstück an. Es ist das Schweigen einer toten Ehe.

Später am Swimmingpool liest Christine in einem ethnologischen Buch nach, wie ein afrikanischer Stamm mit Fetischen und Fruchtbarkeitstänzen die Raupenplage auf seinen Maniokfeldern bekämpft. Friedhelm beobachtet, wie kleine, freche Affen die Hotelgäste ärgern und versuchen, den Urlaubern alle möglichen Dinge zu stehlen. Einige der Gäste werfen den Meerkatzen Kekse hin, die diese gierig krallen, auffressen, um dann noch zudringlicher zu werden. Der Tourist amüsiert sich. Ab und an wirft auch er einen Keks. Ein Affe springt auf das obere Ende des Liegestuhls, in dem Christine Haase sich ausgebreitet hat. Das vorwitzige Tier schaut ihr über die Schulter in das ethnologische Buch und faßt sich an den Kopf. Haase lächelt amüsiert und sagt mit schüchternem Spott:

„Das Äffchen zeigt dir einen Vogel, Christine."

Sie dreht sich abrupt nach hinten und haut mit dem Buch nach der Meerkatze. Der Schlag geht ins Leere. Der flinke Zwergaffe hockt bereits in der nächsten Palme, fletscht die Zähne und faßt sich wieder an den Kopf. Der Tourist sagt versonnen:

„Mir gefällt es sehr, sehr gut hier in Afrika. Ich glaube, ich möchte hier einmal bleiben, wenn ich pensioniert bin."

„Wenn hier einer einen Vogel hat, bist du es; du kommst in Deutschland kaum zurecht, und willst in Afrika leben, in einer dir völlig fremden Kultur. Du Träumer!"

Haase überhört die spitze Bemerkung und entgegnet:

„Die Menschen sind alle sehr freundlich hier in Afrika, ich weiß gar nicht, was du willst."

Christine Haase betrachtet die schwarze Totenmaske auf dem blutroten Umschlag ihres völkerkundlichen Buches, bevor sie antwortet:

„Du merkst es eben nicht, wenn du von denen hier betrogen wirst. Du würdest dich ja selbst von den blöden Affen beklauen lassen. Wenn ich nicht aufgepaßt hätte, wäre dein Fotoapparat schon längst weg. Deine Sonnenbrille auch, sie liegt schon wieder achtlos auf dem Tisch, setz sie auf!"

Der Tourist blinzelt in die Palme. Er kann den Affen nicht mehr entdecken und denkt, das liebe Äffchen interessiert sich doch gar nicht für meine Sonnenbrille. Er nimmt die Brille, setzt sie gehorsam auf die Nase und wechselt das Thema:

„Viele andere Hotelgäste gehen im Wattenmeer spazieren. Das möchte ich auch."

Christine kann diesen Menschen, den sie voller Illusionen vor dreißig Jahren geheiratet hat, kaum noch ertragen. Friedhelm Haase, diesen ewigen Pauschaltouristen, der mit unbedarftem Gehabe und unterdurchschnittlichem Beamtenbezügen im permanenten Sonderangebot durchs Leben hampelt. Dreißig lange Jahre sitzt sie neben einer verklemmten Memme in einem schlecht klimatisierten Bus und muß geimpft, beschützt und abgeschirmt aus dem Fenster starren. Über ihr hängt eine TÜV-geprüfte Eieruhr, aus der Langeweile, vom Alltagstrott zermahlene, tote Träume, zerstörte Illusionen und Versicherungspolicen rieseln. Dieser vertrottelte Spießer hat einen dumpfen, in Christines Seele festverkorkten Haß aufgeschüttet. Sie wartet auf einen mächtigen Medizinmann, der den verschimmelten Korken mit einem befreienden Plopp aus der Seele zieht und den bösen Flaschengeist herausläßt.

„Tu, was du nicht lassen kannst. Wenn du in einen Seeigel trittst und zwei Wochen nicht laufen kannst, sag nicht, ich hätte dich nicht gewarnt."

In ihrem Gesicht steht geschrieben: Ich wünsche dir sämtliche Seeigel des indischen Ozeans an den Hals, giftige Wasserschlangen und Feuerquallen sollen deinen schlaffen Körper malträtieren. Friedhelm Haase hat plötzlich Angst vor dem Meer. Doch zum zahmen Trottel will er sich auch nicht machen lassen. Er geht hinunter zum Strand, zieht die Badelatschen aus und setzt seine Schritte, erst ängstlich, dann nur noch etwas zögerlich und schließlich annähernd selbstbewußt und mit aufkommendem Vergnügen in den angenehm weichen Sand. Etwas weiter vorne verliert sich der Sand zwischen Seegräsern, Plankton und Steinen. Ein silbrig glänzender Fisch mit einem orangen Kamm und dunkelblau glänzenden, kalten Augen schwimmt in einem der Millionen Priele des Watts.

Haase beobachtet einen bräunlichen Krebs, der auf einem fast gleichfarbigen Stein hockt. Der Krebs öffnet seine Scheren und schließt sie wieder. Haase zuckt unwillkürlich zurück und zieht die Badelatschen wieder an. So fühlt er sich sicherer. Der Krebs verschwindet. Es ist einer von jenen Krebsen, die seitwärts laufen. Der staunende Tourist bewundert die Vielfalt der Natur. Beim Durchwaten des ersten etwas tieferen Priels verhaken sich die Badelatschen im Widerstand des Wassers. Haase stolpert, kann sich gerade noch auf den Beinen halten.

„Wie geht's?"

Neben ihm steht ein Beachboy mit einem Spitzbart und einer orangen, runden Wollmütze auf dem pechschwarzen Kopf. Er trägt eine eng anliegende, blau verspiegelte Sonnenbrille. Haase erschrickt, macht einen unwillkürlichen Ausfallschritt und wäre fast wieder gestrauchelt.

„Alles klar, Deutschland?"

Friedhelm Haase gibt schüchtern zurück:

„Alles klar, Deutschland."

Der grinsende Beachboy zeigt mit einem dünnen Stock auf eine Art Unterwassertausendfüßler, der am Rande des Priels vor dem Touristen herumwuselt.

„Wurm beißen, Fuß dick schwellen."

Geschmeidig wie Gummi biegt sich der Oberkörper des Afrikaners nach unten; die ausdrucksvollen Gesten seiner geschickten Hände machen aus seinem rechten Fuß eine fußballgroße Geschwulst. Haase springt in Panik rückwärts aus den Badelatschen auf den nächsten, sandbedeckten Stein. Der aufgewühlte Melm des Priels lässt die Latschen und den Wurm eine Zeit lang unsichtbar werden. Als das Meereswasser wieder klarer wird, ist der Tausendfüßler verschwunden.

„Du mußt fahren Glasboot, alle Tiere von Glasboot sehen; mit Füße ist Hatari – Gefahr!"

In der unangenehm schrillen Stimme des Afrikaners mischen sich Drohung und geschäftstüchtige Fürsorge. Der ängstliche Blick des Touristen prallt an der blau verspiegelten Brille seines Gegenübers ab. Er sagt mit tonloser Stimme:

„Ich möchte aber nicht mit dem Glasboot fahren."

„Dann fahren mit Katamaran, raus zum Korallenriff, viele bunte Fische!"

Der fordernde Ton läßt den Touristen verstummen. Haase versucht seine aufkommende Angst zu unterdrücken. Vergeblich. Er beginnt, verzerrte Stimmen zu hören. Sie werden vom Wind verwaschen über das halbausgetrocknete Meer zu ihm getragen, ohne daß er sich dagegen wehren kann. Die geheimnisvollen Stimmen zwingen ihn in ihren Bann; sie drohen in einem kaum verständlichem Gemisch aus englisch und deutsch mit giftigen Seeigeln, Wasserschlangen und Mörderquallen. Haase dreht sich zum Ufer, um zu fliehen. Sein Blick fällt auf zwei durch das Wattenmeer spazierende Touristengrüppchen. Ihm fällt ein Stein vom Herzen. Die mit Strandfummeln und buntbedruckten Bermudashorts bekleideten Touristen sind von athletischen Beachboys belagert, die auf die Urlauber einreden und mit Stöcken auf den Meeresgrund zeigen.

„Schlange gefährlich, hatari! Buana brauchen gute Führer, hakuna matata, keine Problem, Glasboot gut, Fische sehen gut!"

Haase sagt mit fester Stimme:

„Ich will nicht Katamaran fahren, einfach nur spazieren."

Dann läßt er den Beachboy mit der verspiegelten Brille einfach stehen. Er fischt die Badelatschen aus dem Priel und geht weiter, von einem Stein zum anderen, die Wasserlöcher vermeidend auf den südlichen Horizont zu. Dort sitzen die beiden Männer, die er von seinen Beobachtungen aus dem

Hotelfenster kennt. Langsam kommt die Flut in die Shanzu Bucht zurück.

Der Beachboy läuft radebrechend neben ihm her. Seine Worte überschlagen sich:

„So weit raus mit Füße nicht gut, Hatari – Gefahr, Wasser kommen, kommen schnell, jetzt kriegen meine gute Boot für 300 Shilling, gestern andere Tourist nicht mehr zurück, zahlen 2000 Shilling für Rettung, Hatari, besser jetzt 300."

Seine Stimme nimmt in kaum zu überbietendem Sprechtempo einen drohenden Unterton an. Friedhelm Haase wiegelt ab. Er ist jetzt ganz auf die beiden Männer fixiert, und er ist mutig, will das Geheimnis der seltsamen Männer lüften. Der Afrikaner packt ihn am Arm und dreht ihn zur Seite.

„Hatari, große Hatari, nicht hingehen."

Haase bleibt standhaft und kontert mit einer Frage:

„Wissen Sie, was die beiden Männer da hinten machen?"

„Hatari – Gefahr!"

In diesem Moment zieht eine dunkle Wolke vor die Sonne; die blau verspiegelten Brillengläser verwandeln sich in mattschwarze, nichtssagende Flächen. Tourist und Beachboy blicken zum Himmel. Zwei schwarze Vögel ziehen durch die goldglänzenden Ränder der dunklen Wolke und werden in ihrem Inneren unsichtbar. Nach einer unendlich langen Minute kommt die Sonne wieder hinter den Wolken hervor und gibt der Umgebung ihre gewohnten Farben wieder. Die Vögel bleiben verschwunden.

Der Tourist wiederholt seine Frage an den Beachboy:

„Was machen die beiden Männer da hinten die ganze Zeit?"

„Wo Männer?"

„Na, die da hinten auf den Steinen."

Friedhelm Haase zeigt in Richtung Süden. Doch die Männer sind verschwunden. Zwei leere Steine ragen aus der einlaufenden Flut. Etwas weiter liegt eine arabische Dhau auf einer Sandbank. Haase fragt sich, wie die Männer in so kurzer Zeit zu dem Schiff gelangt sein konnten. Doch anders kann es nicht sein. Wohin sollen sie sonst gegangen sein. Er ist wütend auf den Beachboy, der ihn mit seinem lästigen Gerede abgelenkt hat – und jetzt sind die Männer wie vom Meeresboden verschluckt.

„Männer, nicht sehen, keine da."

„Das seh' ich auch, ich meine die Männer, die eben da saßen."

„Männer nicht sehen, keine da", wieder dieser unangenehme Unterton. Der Tourist stapft auf die beiden leeren Steine zu. Haase beherrscht mittlerweile einen watschelnden Gang, mit dem er recht zügig vorankommt. Der Meeresboden ist an dieser Stelle eben, und die hereinkommende Flut hat bisher noch nicht viel mehr als zwei Zentimeter Salzwasser aufgetragen. Der Afrikaner läßt im Unfrieden von ihm ab und murmelt in schlechtem Deutsch unzusammenhängende Flüche vor sich hin:

„Nicht gute Mann, Liebe nicht, Liebe tot, Meer bringen Tod, nicht gute Mann."

Zwischen den beiden leeren Steinen haben die Gezeiten ein quadratisches Wasserloch gemeißelt, auf das die inzwischen schon recht tief stehende Sonne einen silbrig glänzenden Schimmer wirft. Haase beobachtet, wie ein großer schwarzer Krebs mit stechenden Augen aus dem übernatürlich von innen heraus leuchtenden Wasserloch kriecht. Auch dieser Krebs läuft seitwärts, und seine Augen haben die Farbe der Mütze des Beachboys: leuchtend orange. Der Krebs schaut den Fremden an, der jetzt bis über die Knöchel im Wasser steht. Haase packt die Angst. Er dreht sich zur Seite und schaut Hilfe suchend zum Ufer. Der Krebs spricht mit böser, schneidender Stimme:

„Aus Liebe Haß, Liebe nicht, Liebe tot. Haß machen tot weiße Mann…"

Der Tourist fährt wieder herum und starrt in die verspiegelte Sonnenbrille des Beachboys.

„…tot weiße Mann, ich Freund, da vorne tief, besser fahren mit meine Boot, tausend Shilling sicher Hotel Paradise."

Friedhelm Haase zittert vor Angst am ganzen Körper und stimmt zu. Der Afrikaner schwebt leichtfüßig durch die Fluten zu einem in der Nähe festgemachten Einbaum. Als er kurz darauf mit dem Boot zurückkommt, steht sein Fahrgast schon fast bis zu den Knien im Wasser. Der Beachboy bringt den wie Espenlaub zitternden Weißen sicher an Land.

„Ich gute Freund, bei Wasser tief, gut Boot, Hatari, tausend Shilling nicht teuer."

Friedhelm Haase erzählt seiner Frau nichts von seinem unfreiwilligen Abenteuer. Er hat kein Vertrauen zu ihr. Christine hat sich in letzter Zeit sehr verändert. Schon Wochen vor diesem Urlaub hat sie damit angefangen, ständig irgendwelche seltsamen, völkerkundlichen Bücher über afrikanischen Geisterglauben, über Hexen, Buschteufel und Medizinmänner zu lesen. Der Tourist versteht seine Frau nicht. Er ist froh, daß man in Europa diesen Aberglauben überwunden hat. Christine's Verhalten bereitet ihm Sorgen. Zur Garstigkeit neigte sie schon immer. Doch seit sie diese eigenartigen Bücher liest, blitzen ihre Augen bisweilen mit einer Bösartigkeit, die der Tourist bisher nicht kannte.

In der darauf folgenden Nacht erlebt Haase im Traum, daß seine Frau sich in eine große, pelzige Fledermaus verwandelt. Der Flughund flattert unbeholfen über der Bettdecke des Touristen und stößt unartikulierte, schräge Töne aus. Dann macht er sich plötzlich klein und entschwindet durch die Ritzen der Balkontür. Haase steht auf und geht wie in Trance auf die Terrasse. Er beobachtet, wie die Fledermaus im hellen Mondschein ihre fast zwei Meter breiten Schwingen ausbreitet und auf das Meer hinaus fliegt. Es ist Ebbe. Sand, Steine, Algen und Wasser glänzen silbrig in der klaren Nacht; und wieder sitzen die beiden Männer auf ihren Steinen. Ein dritter Stein zwischen den beiden Männern ist frei; er hat eine helle Oberfläche, die intensiv und kalt von innen heraus leuchtet. Der Lichtsessel hat die quadratische Form der beigen Sitzelemente, die zu Hause im Wohnzimmer der Eheleute Haase stehen. Die Fledermaus flattert auf den geheimnisvollen Lichtsessel. Röntgenstrahlen durchdringen ihren Körper und lassen ihn zu einem lebendigen Skelett werden. Das grausige Tier schaut hoch zum Touristen. Noch nie war Christine so häßlich. Ihre Züge haben sich zu einer mit eiternden Schwielen bedeckten, lefzenden Hundeschnauze verfremdet. Aus krankgelben Höhlen weit hervortretende Augen starren ihn mit roter Wut an. Der Tourist fängt an zu zittern und wird wach.

Am nächsten Morgen liegt das Wattenmeer friedlich in der aufgehenden Sonne. Die Männer sitzen auf ihren Steinen. Der Platz zwischen ihnen ist frei. Haase starrt aus dem Fenster.

„Komm jetzt endlich zum Frühstück. Sie sitzen wirklich einfach nur da und tun nichts. Deine Brille hast du schon auf."

Der Tourist zwingt sich zu einem Lächeln und begleitet seine Frau durch den neuen Urlaubstag. Reichhaltiges Frühstück, das Lächeln der Tropensonne durch die sich sanft in einer lauen Brise wiegenden Palmzweige, ein guter Wein zum Mittagessen, Dösen am Pool und ein Spaziergang durch die weitläufige Parkanlage des Paradise Beach Hotels überdecken die Gedanken an den Alptraum.

Kurz nach Sonnenuntergang sitzt Friedhelm Haase auf dem Balkon des Hotelzimmers und betrachtet das Meer. Das Wasser schlägt in grauen Wellen gegen das Ufer unter ihm. Der Mond ist noch nicht aufgegangen. Ein Schatten huscht dicht am Kopf des Touristen vorbei, ein Luftzug streift seine Wange. Friedhelm Haase zuckt zurück und sieht, wie eine Fledermaus weg vom Hotel zum Meer fliegt. Ungefähr an der Stelle, wo bei Ebbe immer die zwei Männer sitzen, erkennt er einen hellen Fleck. Haase geht ins Zimmer und holt die Brille. Mit zwei Dioptrien fokussiert sieht der helle Fleck für einen kurzen Moment wie das von innen beleuchtete Sitzelement seines Wohnzimmers aus. Der Alptraum der letzten Nacht drängt sich überscharf in die Realität. Der grauenhafte Lichtsessel verschwimmt, bewegt sich auf ihn zu, wird schneller, dann plötzlich viel heller, blendet ihn und huscht weiter nach rechts. Der Tourist erkennt, daß es sich um den Suchscheinwerfer eines Schiffes handelt. Hinter ihm macht es plopp, ein dumpfes, undefinierbares Geräusch. Haase fährt herum. Durch einen Spalt in der Balkontür pfeift der scharfe Seewind mit einem schrillen, langgezogenen Ton. Der Tourist zuckt zusammen. Die schwergängige Tür öffnet sich rumpelnd weiter. Christine tritt auf den Balkon.

„Was ist denn mit dir los? Du glotzt mich an, als ob ich eine afrikanische Hexe wäre, die sich gerade in einen menschen-fressenden Flughund verwandelt hat."

Ihr verächtliches Lachen ist hart. Sie hebt und senkt die weiten Ärmel ihres dunklen Kleides und macht eine Fledermaus nach. Der Tourist sackt in sich zusammen. Mit dem violett lackierten, spitzen Nagel ihres Zeigefingers deutet Christine auf das fast leere Whiskyglas ihres Mannes. Sie sagt mit einem schiefen, spöttischem Grinsen:

„Wer schon vor dem Abendessen trinkt, braucht sich nicht zu wundern, wenn er Halluzinationen kriegt und dann Flug-hunde sieht."

Die Angst des Touristen mischt sich mit einer aufkommenden Wut über ihre ständigen Maßregelungen. Noch nicht einmal diesen einen Whisky gönnt sie ihm. Haase richtet sich wieder auf. Er schweigt und wartet bis sie aus dem Türrahmen verschwunden ist. Dann trinkt er seinen Whisky aus. Aus der Ferne erklingen dumpfe Buschtrommeln. Das wärmende Gefühl, das der Whisky in seinem Magen hervorruft, gibt Friedhelm Haase die Sicherheit, daß es nur die Trommler des Hotels sein können, die die Gäste zum Essen rufen.

Heute ist African Night; einheimische Speisen werden gereicht. Vor dem Buffet steht eine riesige, aus schwarzem Ebenholz geschnitzte Maske.

„Finde ich nicht gut, daß die so eine häßliche Fratze ausgerechnet in den Speisesaal stellen. Da kann man ja Angst kriegen."

„Das ist keine häßliche Fratze", sagt Christine, „diese wunderbare Maske symbolisiert bei den Makonde einen guten Medizinmann, der die bösen Geister vertreibt."

Sie hält einen Vortrag über die einheimische Mythologie.

In dieser Nacht kann Friedhelm Haase nicht einschlafen. Er hat die Fledermaus und den Lichtsessel vor Augen; in seinen Ohren klingen die absurden Geschichten seiner Frau, in denen blutrünstige Leopardenmenschen, böse Jujumänner, die tödliche Flüche in die Welt setzen, in die Erde eingegrabene, sprechende Schädel und sich in Fledermäuse verwandelnde Hexen ihr Unwesen treiben. Der Tourist weiß, daß dies alles haltloser Aberglauben ist. Er steht auf und geht ins Badezimmer. Auf der Reiseapotheke sitzt ein Gecko mit einem orangen Kopf und dunkelblauen, reflektierenden Augen. Der Gecko grinst. Er schießt nach vorne wie die Kugel in einem Flipperautomaten. An der zurückzuckenden Hand des Touristen vorbei verschwin-

det er hinter der Toilette. Haase wühlt mit fahrigen Bewegungen in der Reiseapotheke, findet die schweren Schlaftabletten
seiner Frau. Er versucht eine der hellblau eingefärbten Pillen aus
der Lasche zu drücken. Seine Hände zittern. Die Tablette fällt ins
Waschbecken und trudelt in einem Halbkreis dem Abfluß
entgegen. Haases Griff geht ins Leere. Der Gecko mit dem
orangen Kopf kommt hinter der Toilette hervor und rennt die
Wand hinauf. Er bleibt abrupt stehen und beobachtet mit
seinen starren, glänzenden Augen, wie der fahrige Tourist nach
der großen hellblauen Tablette grabscht, die auf den kleinen,
schwarzen Löchern des silber glänzenden Abflusses liegenge-
blieben ist. Friedhelm Haase schluckt die Tablette herunter,
löscht das Licht und geht zurück ins Bett. Draußen pfeift der
Wind in den Palmenblättern des in dieser Saison löcherig gewor-
denen Hoteldachs. Ein schwerer Tropenregen setzt ein. Die Schlaftablette pumpt chemisches Blei in den zitternden Touristen. Er
versinkt in einen tiefen Schlaf. Einzelne durch das Dach dringen-
de Regentropfen fallen auf die vom Hotel gestellte Bibel und auf
die Gläser seiner Brille auf seinem Nachttisch. Der Gecko mit dem
orangen Kopf sitzt wieder auf der Reiseapotheke.

Friedhelm Haase erwacht im Morgengrauen und geht auf
den Balkon. Er blickt aufs Meer und sieht die zwei Männer. Den
Lichtsessel kann er nicht erkennen ohne Brille. Noch ist die Ruhe
der Schlaftablette in ihm. Er geht zurück ins Bett und schläft
wieder ein. Christine weckt ihn um neun Uhr.
   „Nun steh' endlich auf, Frühstück gibt es nur bis halb zehn."
   Haase reibt sich den Schlaf aus den schweren Augen und
gehorcht. Im Wattenmeer sitzen die beiden Männer und heften
ihre Blicke auf das Hotelzimmer.
   „Die haben heute morgen um sechs schon da gesessen. Ich
finde das seltsam. Ich glaube, die schauen mich an, diese
Männer."

„Du leidest unter Verfolgungswahn! Wie kommst du überhaupt darauf, daß sie schon um sechs Uhr da gesessen haben sollen?"

„Ich konnte nicht schlafen, bin auf den Balkon gegangen und hab' sie da sitzen gesehen."

„Du fängst jetzt bitte nicht an zu phantasieren. Um sechs Uhr war niemand auf dem Meer, da war Flut und hoher Wellengang. Ich habe auf dem Balkon gesessen und mir notgedrungen den Sonnenaufgang angesehen. Ich konnte nicht schlafen, weil du in deinem Alkohol- und Tablettenrausch geschnarcht hast wie ein Tier."

Friedhelm Haase will widersprechen, doch er spürt, daß er gegen seine Frau nicht ankommt. Er rechtfertigt sich mit kraftloser Stimme:

„Ich habe nur zwei Gläser Wein getrunken."

„Und den Whisky und die Schlaftablette."

Haase schweigt und blickt aufs Meer. Er ist sich jetzt ganz sicher, daß die Blicke der beiden Männer ihm gelten, ihm, einzig und allein ihm. Haase wendet sich ab. Er hat Angst, Angst vor dem Meer, vor dem Beachboy, vor der Fledermaus und dem Lichtsessel, Angst vor Geckos und vor Krebsen. Afrika ist zu einem dunklen, bedrohlichen Kontinent geworden.

In den nächsten Tagen traut Friedhelm Haase sich nicht mehr an den Strand geschweige denn ins Wattenmeer, obwohl die beiden Männer ihn jeden Tag mit ihren Blicken einladen. Schreckhaft ist der Tourist geworden und zuckt zusammen, wenn sich hinter oder neben ihm etwas bewegt. So hat er auch keine rechte Freude an den putzigen Affen mehr. Haases zuverlässiges Beamtenherz ist kurz vor dem Infarkt, als eine der hinterlistigen Meerkatzen sich anschleicht und ihm ein gestohlenes, aber nicht eßbares und damit nutzloses Plastikfeuerzeug auf den Rücken wirft.

Die Alpträume indes bleiben aus. Vielleicht hängt es damit zusammen, daß seine Frau sich langsam zu erholen und zu entspannen scheint. Sie behandelt ihn viel freundlicher als zu Beginn des Urlaubs und ist auch nicht mehr ständig hinter ihren Hexenbüchern vergraben. Ihre ungewohnte, auf Friedhelm fast liebevoll wirkende Ruhe überträgt sich auf den Touristen. Er beginnt sich wieder zu den beiden Männern im Meer hingezogen zu fühlen. Seine Neugier ist zurückgekommen. Christine rät ihm, doch einfach einmal zu ihnen hinzugehen und sie zu fragen, was sie dort treiben.

„Sei nicht böse, wenn ich nicht mitgehe; du kennst mich ja, ich möchte die Fische und die glitschigen Algen nicht berühren. Du bist da ja nicht so ängstlich, Friedhelm!"

Der Tourist nickt stumm. Er hat nicht den Mut, mit seiner Frau über seine Ängste zu sprechen.

„Die Männer werden dir sicher gerne erzählen, warum sie immer dort sitzen. Die meisten Leute hier an der Küste sprechen ja auch ein bißchen Deutsch oder Englisch."

„Ich werde es mir überlegen."

Die beiden Männer gehen ihm nicht aus dem Kopf. Sie üben eine immer stärker werdende Anziehungskraft auf ihn aus.

Am späten Nachmittag des letzten Urlaubstages fasst Friedhelm Haase sich ein Herz und geht los. Die Gezeiten haben sich leicht verschoben und legen das Wattenmeer jetzt später am Tage frei. Die beiden Männer hocken im Trockenen auf ihren Steinen. Weit und breit ist kein Beachboy zu sehen, der ihn von seiner Mission abhalten könnte. Die Männer bleiben sitzen, als Haase sich ihnen nähert. Einer der beiden winkt ihm zu.

Die Sonne verschwindet hinter den Dächern des Hotels. Christine Haase erhebt sich vom Liegestuhl am Pool und packt erst ihre und dann Friedhelms Sachen ein. Beim Abendessen sagt sie dem freundlichen Oberkellner, ihr Mann sei krank. Einem anderen Kellner gibt sie einen prall gefüllten Briefumschlag. Bei der Abreise am nächsten Morgen teilt sie der Reiseleiterin mit, ihr Mann werde seinen Aufenthalt verlängern. Er habe sich für ein anderes Hotel entschieden und sei bereits umgezogen.

19.12.2009, 8.05 Uhr, der Flughafen Berlin Tegel liegt unter einer dichten Wolkendecke. Die Anzeigentafel in der Ankunftshalle avisiert den Flug DE 963 aus Köln/Bonn für 8 Uhr 20.

Der Himmel über den Wolken ist dunkelblau. Auf dem Horizont liegt ein oranger Streifen; es ist ein dunkles Orange, in der Mitte kräftiger, rechts und links geht es in einen Blauton über und vermischt sich mit dem Dunkelblau des Himmels zu einem schmutzigem Grau. Die Wolken sind dicht, undurchdringlich, sie sehen aus wie eine gewellte, matte, waagerecht aufgeklebte Rauhfasertapete, haben eine eigenartige, kalte blau-graue Farbe, die Kerkhoff fatal an einen Operationssaal erinnert.

Ein roter, überdimensionaler, viel zu heller Leuchtturm schiebt sich von unten durch die Wolken-Tapete und blendet Kerkhoff mit einem grellen, in den Augen schmerzenden Licht. Die allmächtige Sonne wirft orange Lichtflecken durch die Luken auf die gegenüber liegenden Innenwände des sanft dahin schwebenden Flugzeugs. Die hellen Flecken krabbeln auf den Kabinenwänden dahin, abgehackte, bedrohliche Bewegungen, rauf, links, runter, rechts und wieder nach oben... Die eben noch den Passagierraum beherrschende Bordbeleuchtung ist jetzt eine lächerliche, sinnlose Funzel; Fahrraddynamo gegen Flutlicht. Kerkhoff verspürt ein beklemmendes Gefühl, das seinen Atem schneller gehen lässt.

Orange wird zu gelb, OP-blau-grau zu dreckigem weiß, dunkelblau zu einem strahlenden Mallorca-Himmel. Der Leuchtturm steigt weiter, wird zu einem gleißenden Lichtball. Die Flecken, die die Steuerbord-Luken auf der linken Innenwand des Flugzeugs abbilden, vereinigen sich langsam mit den echten Backbord-Luken. Dann kippt die Maschine plötzlich nach rechts. Kerkhoff krallt sich an den Lehnen des Sitzes fest. Die Flecken fliegen der Seitenneigung des Vogels folgend durch den Raum und bleiben ganz woanders stehen, lang gezogen und weiß wie die Bordbeleuchtungsfunzel, die jetzt noch lächerlicher wirkt. Der Flieger richtet sich wieder auf und hält Kurs. Kerkhoff atmet auf.

Die Rauhfasertapete wirft Wellen mit weißen Kronen, liegt da wie ein mattes, in sich bewegtes Eismeer. Die Kronen werden größer, weicher. Eis wird zu Watte. Der Flieger schleicht sich der Watte an. Kerkhoff versucht sich auf das gleichmäßige Brummen der Motoren zu konzentrieren. Er verkrampft sich, obwohl die Maschine Kurs hält und die Nase leicht hebt. Der stählerne Vogel hält noch einen Sicherheitsabstand. Kerkhoff überkommt die bleierne Gewissheit, dass die Watte nicht wirklich weich ist. Die Watte ist hart wie Stahlbeton! Kerkhoff starrt mit vor Entsetzen weit aufgerissenen Pupillen in das unheimlich große, blendende Licht. Die Maschine kratzt die Kurve. Der linke Flügel nähert sich dem Beton, ewige Sekunden verstreichen, dann richtet sich der Vogel wieder auf. Und plötzlich wird der Beton zu riesigen, leicht zu durchdringenden, lockeren Wattebäuchen, zu langen Fäden, die vorbeischießen, unsichtbar werden. Alles ist grau; die eben noch allmächtig strahlende Sonne hat ausgespielt, die Funzel lebt auf und beherrscht wieder den Innenraum des Flugzeuges. Es war doch kein Beton, nur Watte.

Kerkhoff verflucht seine Angst vorm Fliegen. Er schafft es wieder durchzuatmen. Doch plötzlich sind riesige, unsichtbare Hände in der Watte. Sie packen den schweren, stählernen Vogel mit gewaltigen Kräften, rütteln an ihm, machen ihn zum Flugzeugmodell aus Pappe, werfen ihn hin und her wie ein ausgedientes Kinderspielzeug. Kerkhoff gerät endgültig in Panik. Mit fahrigen Händen holt er sein Mobiltelefon aus der Jackettasche. Kerkhoff weiß, dass die Benutzung von elektronischen Geräten während des Fluges strengstens verboten ist. Sie können die Navigationssysteme beeinträchtigen. Doch er zittert am ganzen Leib. Todesangst. Kerkhoff will sich für immer von seiner Frau verabschieden. Er schaltet das Handy ein und versucht, jetzt völlig verzweifelt, die Verbindung herzustellen.

Am Flughafen Berlin Tegel rascheln um 8 Uhr 30 die Lamellen der Anzeigentafel in der Ankunftshalle. Hinter der Flugnummer DE 963 erscheint: GECANCELT

ALBTRAUM IM WASSERSPEICHER

Mitternacht. Ein lauer Wind streift durch die Baumkronen in den Straßenschluchten aus der Gründerzeit. Es ist warm, und doch liegt Herbst in der Luft. Noch kann sich der alte Backsteinturm hinter dichtem Blattwerk verstecken. Nicht mehr lange, denkt Sarah. Bald kann ich wieder schöne Bilder von dir machen, flüstert sie dem Turm zu. Wenn nämlich Bäume in der Nähe sind, entstehen nur im Winter gute Architekturfotos. Sarah wendet sich nach rechts und umrundet den großen Platz, auf dem in Berlin-Prenzlauer Berg der Wasserturm steht. Die Nazis sollen in seinen Kellern eine Folterkammer eingerichtet haben. Ein leichtes Schauern lässt Sarah frösteln. Sie schüttelt, wie so oft, die Gedanken an die schlimme Vergangenheit des Gebäudes ab. Denn Sarah liebt den dunkelroten Backsteinturm, fühlt sich wie magnetisch von ihm angezogen; sie möchte nicht von dieser unerklärlichen, sentimentalen Hingezogenheit lassen. Nein, der Turm ist ihr Freund; und was kann ein Wasserturm für das, was verbrecherische Menschen mit ihm gemacht haben. Vor ihr glänzt die silbrige Kugel des Fernsehturms auf dem Alexanderplatz in der klaren Nacht. Ein Glänzen wie ein Lächeln; der Alex gibt ihren Gedanken Recht. Oder ist es Solidarität unter Türmen? Sarah muss auch lächeln.

Auf eine Häuserwand ist eine militante Graffiti-Fratze gesprüht. Die dummdreiste, brutale Visage starrt Sarah an. Doch das hässliche Gesicht kann dem Lächeln, das aus ihrer Seele kommt, nichts anhaben. Kunst ist o.k.; nicht bedrohlich. Seit ein paar Wochen gibt es eine Ausstellung in den Gewölben des historischen Wasserspeichers: Installationen aus Licht, Klang und Objekten. Besonders eindringlich hat Sarah einen nachgebauten Schutzraum in Erinnerung, in den hektische Stimmen von Soldaten hinein dringen. Welch furchtbare Ängste müssen die Menschen ausgestanden haben, die sich im Krieg in solchen Bunkern versteckt hielten? Schreckliche Gedanken, die kommen. Und dennoch ist Sarah immer wieder in die Ausstellung unter ihrem Turm gegangen. Sie wirft einen Blick auf den Eingang zum Wasserspeicher. Was ist das? Die Tür ist nur angelehnt. Jemand muss sie aufgelassen haben. Hat man vergessen abzuschließen? Oder ist jemand in die Ausstellung eingebrochen? Sarah öffnet mit klopfendem Herzen den angelehnten Flügel der Tür. Die Gewölbe sind beleuchtet. Sie geht hinein. Sarah zittert; doch ihre Neugierde ist stärker. Aus einer weiten Maueröffnung klingt sphärische Musik. Verwirrt schaut Sarah auf die Uhr. Es ist wirklich schon kurz nach Mitternacht. Doch die Licht- und Klang-Installationen sind angeschaltet. Sarah geht weiter, leise mit vorsichtigen Schritten, so als ob sie nicht bemerkt werden will. Wer kann hier sein, mitten in der Nacht? Sarah betritt das zweite Gewölbe auf der linken Seite. Jetzt spürt sie die Feuchtigkeit und die Kälte ganz deutlich. Mitten im Raum liegt ein heruntergestürzter, zersplitterter Kronleuchter. Es ist ein Teil der Ausstellung; und doch ist ihr der Scherbenhaufen unheimlich. Sarah kann die vertraute, monotone Stimme vom Tonband nur ganz leise wahrnehmen, noch nicht verstehen. Den Text aus dem ersten Buch Mose kennt sie fast auswendig:

„Es hatte aber alle Welt einerlei Zunge und Sprache. Als sie nun nach Osten zogen, fanden sie eine Ebene im Lande Sinear und wohnten daselbst."

Girlanden aus kleinen Lampions hängen von der hohen Decke des feuchten Kellers. Sarah bleibt stehen. Jetzt ist die eindringlich flüsternde, fast drohende Stimme ganz nah:

„Wohlauf, lasst uns eine Stadt und einen Turm bauen, dessen Spitze bis an den Himmel reiche, damit wir uns einen Namen machen; denn wir werden sonst zerstreut in alle Länder.

Da fuhr der Herr hernieder, dass er sähe die Stadt und den Turm, die die Menschenkinder bauten. Und der Herr sprach: wohlauf, lasst uns ihre Sprache verwirren, dass keiner des anderen Sprache verstehe!"

Sarah zuckt zusammen. Das ist nicht der Text der Ausstellung! Definitiv nicht! In der Ausstellung wurde das erste Buch Mose abgewandelt, und der Turmbau zu Babel ging gut aus. Sarah spürt, wie sich etwas Kaltes um ihren Hals legt, etwas sehr Hartes, schneidend Kaltes wie Eisen. Sie erstarrt. Der Ring um ihren Hals wird enger. Jetzt bibbert Sarah am ganzen Körper. Das Metall zieht sie zur Seite, reißt sie nach unten. Sie schlägt auf den kalten Steinfußboden. Um sie ist Dunkelheit, eine furchtbare Dunkelheit und Kälte, eisige Kälte. Sarah schreit …

… und wird wach. Sie greift unwillkürlich nach ihrer Decke und zieht sie hoch bis zu ihrem zitternden Hals, der eben noch von dem kalten Eisenring gequält wurde. Ihre mit Tränen verklebten Augen suchen vergeblich den Schein der Kerze, die sie jeden Abend anzündet, bevor sie ins Bett geht. Die Kerze muss erloschen sein. Sarah tastet nach dem Schalter der Nachttischlampe; endlich, die Dunkelheit zieht sich hinter die Gardinen in die Spätsommernacht zurück. Sarah atmet auf; nur ihr Herz klopft noch heftig von dem schrecklichen Traum.

Die Vorhänge bewegen sich sacht vor dem offen stehenden Fenster. Nach einer Weile steht Sarah auf und zündet ihre Kerze wieder an. Sie kann bei völliger Dunkelheit nicht schlafen. Und sie mag kein elektrisches Licht, schon gar nicht diese Ökobirnen mit ihrem kalten, grässlichen Licht. Draußen weht ein laues Lüftchen. Ganz schließen will Sarah das Fenster nicht. Sie braucht Licht und frischen Sauerstoff. Sarah stellt das Fenster auf Kipp. Ob der leichte Wind der Kerze so noch etwas anhaben kann? Es schellt. Sarahs Herz zieht sich zusammen. Wieder schellt es. Ein plötzlicher, stechender Schmerz in der Brust schnürt Sarah fast den Atem ab. Es schellt noch einmal und noch einmal. Sarah zwingt sich zum Durchatmen und wartet ab. Das Klingeln hört nicht auf. Sie versucht, die Situation mit rationalem Denken zu meistern. Die Wohnungstür ist fest verschlossen; sie hatte den Schlüssel zweimal herum gedreht, wie jeden Abend. Ihr kann also so schnell nichts passieren. Sie ist zu aufgeregt, um das Schellen einfach zu ignorieren. Sarah will wissen, wer da mitten in der Nacht klingelt. Und wieder schellt es. Sie geht zur Sprechanlage:

„Ja?"

„Polizei."

Sarah schweigt.

„Hier is die Polizei, ick bin Hauptwachtmeester Kolmann; sind Se die Frau Schneider?"

„Ja."

„Jehört Ihnen det Fahrzeuch mit dem amtlichen Kennzeichen B-DZ 6633?" Die Stimme des Polizisten hat einen Vertrauen erweckenden, fürsorglichen Ton.

„Ja, woher wissen sie?"

Sarah hat die Frage noch nicht ganz ausgesprochen, da merkt sie, wie dämlich sie in ihrer Aufregung gefragt hat. Das muss ein echter Polizist sein; er hat einfach eine Abfrage in seinen Fahndungscomputer gegeben.

„Ihr Auto steht im Halteverbot; det müssen wir abschleppen lassen, wenn Se det nich wegfahren."

„Wann?"

„Na jetze."

„Sofort? Jetzt? Mitten in der Nacht?"

„Ick kann doch och nix dazu."

Die Stimme klingt sympathisch und hilfsbereit. Sarah ist sich ganz sicher, dass es sich wirklich um die Polizei handelt – die Freund und Helfer-Version.

„Ich ziehe mich an und komme sofort."

„Na denne bis jleich."

Es ist still im Kiez. Ein paar Blocks weiter quietscht und rumpelt die Nachtstraßenbahn in ihren Schienensträngen. Das Geräusch verliert sich in einer ungewöhnlichen Ruhe. Sarah schaut zwischen den hohen Mietshäusern hinauf in den klaren Himmel. Die Nacht ist unwirklich schön, beängstigend schön. Sterne glitzern im Firmament über Berlin, Tausende von Sternen. Der Himmel strahlt in einem übersinnlichen Kobaldblau. Es erinnert an das tiefe Blau der klaren, kalten Winternächte, nur viel, viel unergründlicher und intensiver. Und dabei ist es Spätsommer und warm. Sarah biegt in die Immanuelkirchstraße. Niemand begegnet ihr. Nur in einer der improvisierten Wohnzimmerkneipen sitzen noch ein paar Leute. Sie starren wie gebannt in einen Bildschirm, auf dem ein surrealistischer Film mit Apfelsinen-farbenen Planeten läuft. Die seltsamen Gestirne kreisen wie magnetisierte Ballons umeinander. Sarah spürt eine magische Kraft, die die Menschen an den Bildschirm fesselt. Sie zwingt sich weiterzugehen. Am Straßenrand steht eine weiße Ente, auf die ein beruhigendes, rosarotes Herz gemalt ist; daneben ihr kleiner Trabant und dahinter der Polizeiwagen. Zwei Polizisten sind lässig an die Kotflügel ihres Fahrzeugs gelehnt. Einer von ihnen zeigt freundlich lächelnd seine Zähne und dann auf die Ente:

„Det jute Stück müsse mer abschleppen lassen; mit seinem süßen Herzelein; leider Jottes herrenlos und jrad am falschen Platz."

Sarah fragt:

„Das Halteverbot hier ist neu?"

„Hier kommt ne vorüberjehende Bushaltestelle hin, in zwe Stunden jeht det hier los mit den Bussen."

„Das heißt Schienenersatzverkehr", sagt der zweite Polizist.

Seine Stimme ist blechern. Er starrt Sarah mit seltsam unbeweglichen, durchscheinenden Augen an. Sie weicht seinem unangenehmen Blick aus und erklärt:

„Ich hab mein Auto mindestens zwei Wochen nicht gebraucht und war auch nicht mehr hier; da hab ich die neu aufgestellten Schilder nicht gesehen."

„Is schon jut; ick find det doch selbst saublöd mit den dauernden Halteverboten im Kiez", sagt der nette Polizist, „Fahrn Se ihre Pappe auf die andere Straßenseite un dann wars det."

„Mach ich; und vielen Dank, dass Sie mir extra Bescheid gesagt haben; das war sehr lieb von Ihnen."

Der Schutzmann tippt an seine Mütze und verschwindet im Auto. Der Kollege mit den starren Augen flüstert:

„Gute Nacht, schöne Frau; und träumen Sie etwas Angenehmes."

Seine Pupillen verwandeln sich in schmale Schlitze. Die durchscheinenden Augäpfel weiten sich und blitzen kurz auf, wie elektrisches Licht. Sarah zuckt zurück. Der Polizist verzieht sein Gesicht zu einem teuflischen Grinsen. Dann steigt auch er in den Streifenwagen.

Sarah setzt eilig den Trabbi auf die gegenüber liegende Straßenseite. Mit fahrigen Bewegungen verschließt sie das Auto und hastet über den Bürgersteig. Sarah spürt, dass sie verfolgt wird. Der Streifenwagen? Sie schaut sich um. Tatsächlich. Das Polizeiauto ist schräg hinter ihr. Der Wagen rollt an ihr vorbei. Das Licht im Inneren des Autos flackert auf. Einer der beiden Männer hat ihr den Kopf zugewandt. Sarah taumelt zurück gegen die Hauswand – es ist kein Kopf; es ist eine gesichtslose, tote Kugel, ein Ballon, der grell orange schimmert. Das Licht in dem Polizeiwagen geht wieder aus. Der Innenraum ist jetzt völlig schwarz, schwarz wie die ewige Finsternis. Das Fahrzeug biegt um die nächste Ecke. Sarah bleibt an die Hauswand gelehnt und versucht, ihren Atem und ihren Herzschlag wieder zu beruhigen. Dann rennt sie nach Hause; sie läuft so schnell, wie sie kann. Hektisch verriegelt sie die Haustür zweimal von innen.

Sarah sitzt auf der Kante ihres Bettes und horcht nervös in die Stille der Nacht. Nur ab und an rattert ein Spätheimkehrer mit seinem Auto über das Kopfsteinpflaster des Prenzlauer Bergs. Nach einer Weile steht sie auf, schiebt die Vorhänge zur Seite und schaut in den kobaldblauen, unwirklichen Himmel. Was ist das? Hinter dem Fernsehturm liegt eine Apfelsinen-farbene Kugel; das Ding sieht aus wie das leuchtende, tote Gesicht des Polizisten. Die Kugel ist grell; sie schwebt still hinter dem Turm im Firmament, etwas unterhalb von dem silbrigen Panoramarestaurant, dessen Lichter fast völlig erloschen sind. Was kann das für ein Gegenstand sein? Sarah versucht die seltsame Erscheinung zu identifizieren. Das Ding ist riesig groß und weit hinter dem Alex. Es kann keine Reklametafel sein; der Apfelsinen-farbene Ballon kann überhaupt nicht von dieser Welt sein. Der Mond? Nein, zu groß, zu orange. Wieder schnürt der Schmerz Sarahs Brust ein. Aus der Beklemmung wird Angst, gräßliche Angst. Sarah schließt die Vorhänge und setzt sich wieder auf die Bettkante. Sie kann die orange Erscheinung nicht mehr sehen. Doch sie weiß, dass das schreckliche Ding noch da ist. Die Furcht frisst Sarahs Gedanken.

Sarah geht zum Fernseher, schaltet das Gerät ein und zappt. Das Zappen hilft ein wenig, verdrängt einen Teil der Furcht. Sarah macht halt bei einem Nachrichtensprecher. Doch sie kann sich nicht auf seine Worte konzentrieren. Und plötzlich ist sie wieder da, die Apfelsinen-farbene Kugel. Das grauenhafte Ding hängt direkt hinter dem Sprecher im Bildschirm. Sarah zuckt zurück. Die blecherne Stimme des Nachrichtensprechers hämmert auf ihr Trommelfell. Seine Worte dringen nur langsam durch die Angst hindurch in ihr Bewusstsein:

„Aufgrund einer äußerst seltenen astronomischen Konstellation haben Sie während des gesamten Monats August die seltene Möglichkeit, bei wolkenlosem Himmel mit bloßem Auge den durch die Strahlung der Sonne orange erscheinenden Planeten Mars zu beobachten."

Sarah sackt in sich zusammen. Sie geht zurück ins Bett.

Sarah ist müde, sehr müde, doch die Beklemmung ist noch da. Sie hat Angst davor, einzuschlafen und wieder in einen Traum zu fallen, der viel schlimmer ist als die Realität. Sarah versucht, sich an den Schwebezustand zwischen Wachsein und der Dunkelheit des Schlafs zu klammern. Sie macht Entspannungsübungen, eine gedankliche Reise durch den eigenen Körper. Ganz bewusst nimmt sie eins nach dem anderen die Teile ihres Körpers wahr. Der linke Fuß, das linke Bein, der rechte Fuß, das rechte Bein, das Becken, der Bauch, der Magen, die Brust. In ihrem Hals gerät die Reise ins Stocken; da ist ein großer, schleimiger Kloß. Sarah lenkt ihre gesamte Konzentration auf den Kloß; er wird langsam größer und kühler. Dann beginnt er sich auszudehnen und erfasst den ganzen Hals. Nach und nach nimmt die Kälte zu. Plötzlich ist die allzu bekannte, monotone Lautsprecher-Stimme wieder da:

„Und auf der Wolke saß einer, der glich eines Menschen Sohn; der hatte eine Schlange um sein Haupt und in der Hand eine scharfe Sichel ..."

Sarah schlägt die Augen auf und blickt in die Lampiongirlanden aus dem alten Wasserspeicher. Hinter den bunten Lämpchen steht die grässliche Apfelsinen-farbene Kugel. Langsam schiebt sich von der Seite etwas Dunkles vor den Ballon. Aus dem Ballon wird eine Sichel, wie ein abnehmender Mond im

Zeitraffer. Orange verwandelt sich in blutrot. Die Sichel wird immer heller, unnatürlich grell, hell und heller. Sarah krampft ihre Augen zusammen. Sie spürt, dass diese Erscheinung heller wird als tausend Sonnen. Die rot glühenden Strahlen der Sichel durchdringen ihre Lider; sie blenden die geschlossenen Augen, Sarahs Augäpfel brennen in der glühenden Hitze; die Schmerzen sind kaum noch zu ertragen. Die durchdringende, monotone Stimme flüstert weiter:

„… und der Engel der Finsternis schlug mit seiner Sichel an die Erde, auf dass sie eine Behausung der Teufel und ein Gefängnis aller unreinen Geister werde."

Sarah spürt, wie sich etwas Kaltes um ihren Hals legt, etwas sehr Hartes, schneidend Kaltes wie Eisen. Sie erstarrt. Der Ring um ihren Hals wird enger. Jetzt bibbert Sarah am ganzen Körper. Das Metall zieht sie zur Seite, reißt sie nach unten. Sie schlägt auf den kalten Steinfußboden. Um sie ist Dunkelheit, eine furchtbare Dunkelheit und Kälte, eisige Kälte. Sarah schreit …

… und versucht den Traum abschütteln. Sie greift unwillkürlich nach ihrer Decke; doch sie greift ins Leere. Da ist kein Bett und auch keine Nachttischlampe, nur der kalte Boden. Sie tastet nach ihrem Hals und erstarrt vor Grauen. Der Eisenring ist echt. Es gibt keinen Traum.

Sphinx

Berlin-Friedrichshain, es ist Nacht. Aus dem Keller des verlotterten Altbaus auf der Rigaer Straße klingen sanfte Töne. Harald Grasshoff geht in die Kellerbar hinunter. Heute spielt jemand Klavier. Grasshoff bestellt ein Glas Wein und lässt sich in das abgewetzte Sofa sinken. Er lauscht der Musik; es ist eine freundliche Melodie in Dur. Seine Blicke schweifen durch das Lokal; Sperrmüll mit Stil. Sechs tropfende Kerzen brennen auf den verbogenen Metallarmen eines dürren Kandelabers.

Seltsame Energie durchströmt den Raum. Harald schafft es nicht mehr, sich auf die Musik zu konzentrieren; zu sehr irritiert ihn die Energie. Plötzlich entdeckt er über der Bar das Bild einer Sphinx, eine Raubkatze mit den Beinen einer schönen Frau. Ihr hingegossener Körper wird von einem getigerten Fummel umspielt. Sie hat bleiche Augen, totenbleich und stechend zugleich. Noch nie in seinem Leben hat Grasshoff solch unnatürliche Augen gesehen. Sie sind nur gemalt; doch der schaurige Blick tut körperlich weh. Er zerstört den Klang des Klaviers. Harald versucht sich von den Augen der Sphinx loszureißen und wieder der beruhigenden Musik zu folgen. Unmöglich. Der Blick ist zu stechend, zu durchdringend und viel zu bleich, bleich und drohend.

Der Klavierspieler hat aufgehört; es gibt keine ausgleichende Energie mehr in diesem Raum, die den grässlichen Blick der Sphinx mildern könnte. Das Herz schlägt Harald Grasshoff bis zum Hals. Er kann die grauenhaften Augen des Bildnisses nicht mehr ertragen. Harald springt auf und rennt zur Theke. Gott sei Dank hat er drei Euro klein. Harald wirft das Geld auf die Theke und stürmt aus der Kellerbar.

Auf der Petersburger Straße haben sich seine Schritte und auch sein Herzschlag ein wenig beruhigt. Er spürt, dass er jetzt abschalten muss; runter kommen muss von der Panik. Harald betritt das Traute Hain. Er setzt sich an die Theke und besäuft sich. Das heimelige Ambiente der Kneipe mit der herzlichen Kellnerin lassen ihn ruhiger werden. Harald wankt zur Toilette. Die Fuge zwischen den Kacheln öffnet sich zu zwei Parallelen. Harald lässt seinen Blick hinunter gleiten zum Pissoir und auf seinen Schwanz; den sieht er noch nicht doppelt. Grenzwertige Situation; er glaubt genug getrunken zu haben. Grasshoff verlässt die Toilette und öffnet die Tür zum Gastraum. Wie jedes Mal fährt der Geist an der Kordel auf und ab, um die Gäste zu erschrecken. Doch Harald Grasshoff kennt die blöde Halloween-Figur. Er lächelt. Es ist ein schiefes Zwei-Promille-Lächeln. Diesmal spricht der Geist:

„Die Sphinx tötet ... tötet ...", die Stimme des Geistes hallt höhnisch nach.

Doch Grasshoff ist zu besoffen, um noch einmal in Panik zu geraten.

Er tapert zur Theke und sagt der Kellnerin:

„Zahlen!"

„Bitte, heißt das." Sie lächelt frech.

„Na klar ... bitte, meine Liebe."

Lächeln und Trinkgeld stimmen. Beim Hinausgehen rempelt ihn ein volltrunkener Mann an.

„Eh, Alter", nuschelt der Säufer, „pass auf mit der Sphinx!"

„Was?"

„Frau ... geile Raubkatze, Alter ... ihre Augen töten!"

Der Säufer grinst böse. Dann verzieht er sich mit unstetem Schritt. Er torkelt in Richtung Frankfurter Tor, Grasshoff torkelt in Richtung Bersarin Platz.

Am nächsten Mittag geht Grasshoff an dem türkischen Straßencafé am Frankfurter Tor vorbei. Ein paar Tische stehen auf dem Bürgersteig. Die Leute frühstücken, manche essen schon Kuchen. Eine grauhaarige Frau schaut von ihrem Teller auf; die Alte ist auch sonst völlig grau, Typ pensionierte Putzfrau; doch die Frau hat stechende, bleiche Augen. Ihr Blick spießt Grasshoff gleichsam auf, so als wolle sie ihn an die Wand nageln. Ein seltsamer Gedanke zieht durch Haralds Gehirn: das sind die Augen der Sphinx. Er schaut irritiert zur Seite und geht weiter. Er wagt es nicht, sich noch einmal umzusehen. Die graue Alte schaut im nach. Dann holt sie ein goldenes Handy aus ihrer Tasche und schreibt eine SMS.

Zwei Tage später. Grasshof geht wieder die Rigaer Straße entlang. Die Erdgeschoßwohnung hat keine Gardinen. Sie ist vollgestopft mit Gold angepinselten Möbeln. Zwischen den gedrechselten Säulen des Wohnzimmerschranks stehen ein LED-Fernseher mit grellen Farben und eine kunstvoll gestaltete Sphinx. Gegenüber sitzt ein Araber mit einem gewaltigen, kahlen Schädel in einem Brokatsessel und saugt an seiner Wasserpfeife. Grasshoff bleibt unwillkürlich stehen und schaut irritiert in die seltsame Wohnung. Wie in Zeitlupe wendet sich die Statue dem Fenster zu. Die Sphinx starrt Grasshoff an; totenbleiche, stechende Augen bohren sich in Grasshoffs Gehirn. Er weicht zurück. Sein Herz rast.

Grasshoff stolpert den Bordstein hinunter, strauchelt, fällt auf die Straße. Quietschende Reifen, ein kranker Motor wird abgewürgt; Grasshoff starrt in die Kühlerniere eines alten BMW. Der Fahrer brüllt:

„Du besoffenes Arschloch; verpiss dich!"

Grasshoff rappelt sich auf. Ein Stich in seinem Herzen reißt ihn zurück auf die Fahrbahn.

Der BMW heult auf. Die Karre hoppelt zurück; ein Krachen im Getriebe, dann schießt das Auto knapp an Grasshoffs Bein vorbei die Straße hinunter. Er krabbelt auf den Bürgersteig. Junge Leute kommen vorbei, schütteln mit dem Kopf. Einer raunt mit Grabesstimme:

„Geh' sterben, Alter!"

Dreckiges Lachen.

Der Araber windet sich aus dem Brokatsessel und streichelt der Sphinx anerkennend über ihren goldenen Kopf. Die saphirblauen Augen der Statue schimmern sanft wie das Meer. Grasshoff ist hektisch und verzweifelt. Er bleibt am Boden bis die Herzstiche nachlassen. Dann steht er langsam auf und geht unsicher die Rigaer Straße hinunter. Der Araber schließt die Gardinen. Seine wulstigen Lippen spreizen sich zu einem zufriedenen Lächeln.

In einem der abgewohnten Häuser auf der Rigaer Straße ist ein Puff. Auf der matten Fensterscheibe steht La Rose. Ein kitschiges Neonherz blinkt wie ein defekter Schrittmacher. Grasshoff schleicht müde und verängstigt vorbei. Die Eingangstür wird von einer primitiven, roten Lichterkette umrahmt. Darüber steht open. Fast wäre Grasshoff der wunderschönen Frau in die Arme gelaufen. Saphirblaue Augen, katzenhaft geschminkt; hohe Wangenknochen, sinnliche Lippen. Sie haucht verführerisch:

„Komm rein!"

Harald Grasshoff kann den Blick nicht von ihren Augen lassen. Die schöne Frau nimmt Harald in den Arm und führt ihn in durch einen billigen Perlenvorhang in eine schwach beleuchtete, mit Rot, Samt und Gold, sehr viel billigem Gold eingerichtete Plüschbar.

Die Frau zieht ihn auf eine mit Goldbrokat bezogene Chaiselongue und schmiegt sich an ihn. Ihre Haut ist weich und warm; ihre tiefblauen Augen changieren ins Türkise; sie sind sanft, sanft wie das Meer in den Tropen. Und doch ist Harald irritiert; die Frau trägt ein megaknappes Oberteil und einen Miniminirock, beides in getigertem Stoff. Er kann das Erlebte nicht abstreifen; ihre schönen Haare erinnern ihn an eine Löwenmähne – ein Mischwesen aus Frau und Raubkatze; ihre Beine sind so ebenmäßig wie auf dem Bild in der Kellerbar; es ist die Sphinx; die schreckliche Sphinx ist bei ihm! Harald hat Angst, furchtbare Angst. Herzschmerzen. Er greift zu seiner Brust.

Doch ihre Bewegungen sind sanft und anschmiegsam; auch ihr Stimme ist sanft, sanft und einfühlsam:

„Hab keine Angst, schöner, alter Mann."

Und plötzlich ist alles weich und voller Liebe; die Stiche im Herz weichen einer großen Entspannung; alles ist weich und voller Liebe, einer Liebe, die sich ins Unermessliche steigert. Längst hat die Angst sich ins Nichts verflüchtigt, wie ein böser Traum, der niemals Realität war. Grasshoff sucht ihre Augen; doch sie sind geschlossen. Er flüstert:

„Deine Augen sind schön wie das Meer; zeig sie mir, bitte zeig sie mir."

Sie lächelt genießerisch; ihr Körper holt Luft und drängt ihm noch mehr entgegen. Doch die Augen bleiben geschlossen. Harald ist erregt wie nie zuvor in seinem Leben. Ihre Körper verschmelzen miteinander wie in einem übersinnlichen Traum.

Als es ihm kommt, öffnen sich die gold und violett geschminkten Lider. Grasshoff blickt in starre, totenbleiche Augen. Ein brutaler Stich in seinem Herzen lässt ihn erstarren. Totenbleiche Augen treffen totenbleiche Augen.

Die Augen des Pumas

Montañita, Ecuador: Erbarmungsloser Techno hämmert in die schwüle Tropennacht. Über der Tanzfläche des Pelicano blinken grüne und blaue Birnen; sie hängen an einer nervösen Lichtorgel. Zuckende Körper verrenken sich in monotonem Rhythmus, folgen hörig den brutalen Pressluftschlägen der Musik. Seitlich angebrachte Ultraviolett-Scheinwerfer zerhacken die Bewegungen der Menschen im Takt eines defekten Filmprojektors aus der Super-8-Zeit. Augäpfel und weiße T-Shirts strahlen wie nach einem Atom-Unfall. Unverhofft kommt aus den Lautsprechern mit einem Mal so etwas wie eine Melodie; die Lichtorgel schaltet auf den Ball für einsame Herzen. Die Gestalten auf der staubigen Tanzfläche sind konsterniert. Einige wiegen sich in den Hüften, unstet und ohne große Beziehung zu der Melodie; andere bleiben einfach stehen oder schleichen zur Seite; von Suff und Marihuana Gezeichnete schwanken mit blödem Grinsen und starrem Blick zur Theke. Schräg hinter der Bar, weiter draußen im Garten macht jemand ein Feuer an. Qualm breitet sich aus, vermischt sich mit dem schweren Geruch von Räucherstäbchen.

Es ist zwei Uhr dreißig. Aus der Dunkelheit, von irgendwoher strömen immer mehr Menschen zur Freiluftdisko des tagsüber fast verwaisten Hotels. Die abgelegene Tropentanzdiele füllt sich innerhalb kürzester Zeit. Der nächste Ort liegt zwei Kilometer entfernt; da ist jetzt alles dicht.

Techno kennt keine langen Melodiephasen; es hämmert wieder im Pelicano, jetzt noch ein Stück lauter. Der Schallmatsch hört sich an, als ob jemand das Innenleben einer Spülmaschine zertrümmert. In den ohrenbetäubenden Lärm

mischen sich Kurzschlussschläge, bei denen 330 Volt aufeinander krachen. Kurzschluss, Trennung, Kurzschluss... die CD klingt
wie hängengeblieben, wiederholt die Kurzschlüsse monoton
und markerschütternd. Die Scheinwerfer machen Hackepeter-
Licht. Dann ein Zwischenspiel mit Harfenklängen; die zuckende, hampelnde Meute stiebt auseinander, flieht vor den lodernden, heißen Fackeln eines Feuerschluckers, der aus dem Dunkel
der umliegenden Nacht auf die Tanzfläche gesprungen ist.

Direkt neben dem Spektakel steht das in den Hang gebau-
te Hotel. Mit seinen vielfach verschachtelten, hölzernen
Freitreppen sieht es aus wie ein aus der Märchenzeit übrigge-
bliebenes Hexenhaus. Neben dem Bett von Zimmer 13 liegen
drei abgebrannte Joints in einem überquellenden Aschenbe-
cher. Die Flasche Zuckerrohr-Schnaps ist halb leer. Klaus starrt
in die schummerige Funzel an der Decke. Ein von einer bösarti-
gen Hand gesteuerter Dimmer lässt die trübe Birne heller und
heller werden ... 25 Watt ... 60 Watt ... 100 Watt ... 500 Watt...
Klaus will sich abwenden, doch sein Kopf klemmt in einem
Schraubstock, die Augäpfel sind festgenagelt, und die Geister-
hand dreht unbarmherzig am Dimmer ... 1000 Watt, gleißendes Licht, vor dem es kein Entrinnen gibt.

Er war mit schwebenden Schritten durch ein wunderbar
kitschiges Zauberland geglitten. Rehe mit feuchtem Hunde-
blick standen am Wegesrand und lauschten Liebesliedern aus
1001 Nacht. Es roch nach Eukalyptus, und Klaus hat das Lenor-
weiche Fell der träumenden Rehe gestreichelt. Der Klang
unschuldiger, ewiger Liebe packte seine Seele in babyblaue
Watte. Bunte Zwerge mit lustigen, langen Nasen tanzten
Ringelrein. Sie nahmen Klaus in ihre Mitte und brachten ihn zu
einem Fluß, der voller Honigwein war und goldgelbe, träge
Wellen warf. Die treuen Wichtelmänner reichten duftende

Kalebassen und eine silberne Wasserpfeife mit himbeerfarbener Glut herum. Dann tauchte er in die Fluten des Honigweins und trieb trunken dem Eukalyptuswald entgegen. Das aufkommende Gewitter ließ leuchtende Sterne von einem weihnachtlichen Himmel herunterregnen. Klaus lachte in glücklichem Erstaunen, lachte und lachte im Rhythmus der immer lauter werdenden Donnerschläge, bis alle Sterne abgestürzt waren und nur noch die Funzel über ihm hing.

Jetzt blendet ihn dieses verdammte Ding mit den vielen tausend Watt. Seine Augen brennen, direkt auf seinem Trommelfell wird wieder und wieder das Innenleben der Spülmaschine zerstört. Klaus ist zerbrechlich wie Teller aus feinstem China-Porzellan; jeder einzelne Teller zerbricht ganz nah an seinem Herzen, und die Spülmaschine setzt ihr zerstörerisches Werk fort, hört nicht auf, hört niemals auf. Klaus hat Angst, unbeschreibliche Angst, will fliehen, doch er kann keine noch so winzige Bewegung tun. Sein Körper ist vergiftet, schwer wie Plutonium und mit rasselnden, kalten Ketten an das Bett gefesselt. Klaus zittert. Der Hammerrhythmus nagelt in sein Gehirn. Die Glühbirne fällt aus der Fassung, verbrennt schmerzlos und grausam sein Augenlicht. Die plötzliche Dunkelheit lässt die Kurzschlüsse der brutalen Musik noch viel tiefer in seine erstarrte Seele dringen, hundert Mal, zweihundert Mal, ohne Ende. Klaus spürt die entsetzliche Macht des Todes.

Am nächsten Abend im Pelicano steckt er sich wie selbstverständlich wieder einen Joint an. Auf dem hölzernen Tresen steht eine hämisch grinsende, präinkaische Raubkatze. Klaus nimmt das gelbe Blitzen in den Augen des tönernen Pumas nicht wahr.

DER ZUG IN DEN ANDEN

Der einsame Bahnhof am Fuß des schneebedeckten Vulkans ist zu einem Gasthaus umgebaut. Der Mann verlässt das alte Gebäude und geht auf den verrosteten Schienen in Richtung Süden. Er hat keine Lust und keine Kraft mehr; fast stolpert er. Die Schwellen der Eisenbahn sind krumm, halb verrottete Baumstämme, kein Edelholz wie vor vielen Jahren einmal. Schwere Regenwolken verhängen den Himmel, verdecken den über 6000 Meter hohen Chimborazo. Unter den dunklen Wolken liegt ein stahlgrauer Streifen Abendlicht. Die Schienen verengen sich zum Horizont hin; Zentralperspektive. Wolfgang Gruber erinnert sich an seine Schulzeit. Das kam in Physik und auch in Kunst: Zentralperspektive, das Verfahren zur Darstellung von Raumgebilden, parallele Kanten liegen im Bild auf Geraden, die sich in einem Fluchtpunkt schneiden. Damals wollte Wolfgang alles wissen, verstehen, gestalten, und er hatte Träume. Gruber bleibt stehen. Nieselregen setzt ein; Sprühnebel setzt sich auf seine Brillengläser. Die sich verengenden, rostigen Parallelen werden undeutlich; der Fluchtpunkt verschwimmt. Gruber macht keine Anstalten, die Brille zu putzen. Er will es nicht deutlicher sehen; er will überhaupt nichts mehr deutlich sehen, fühlt sich ausgebrannt und am Ende. Das fortschreitende Grau des Abends verdunkelt den Páramo; die schwarze Erde der Hochlandsteppe wird allmählich eins mit dem erlöschenden Himmel. Gruber spürt die Finsternis; sie kriecht in ihn hinein. Er weiß, dass er ein verdammter Feigling ist, zu feige, um Selbstmord zu begehen.

Gruber legt sich auf die Schienen, quer zur Fahrtrichtung. Der Wind fegt den hauchdünnen Sprühregen über die kalte

Hochebene. Gruber spürt keine Kälte. Er kann sie nicht spüren. Dazu ist seine Kleidung zu perfekt, dieselben Bergsteigerklamotten, mit denen er vor fünf Jahren den Chimborazo bezwungen hatte. Er hebt den Kopf und streift den weichen Alpaka-Schal zur Seite. Grubers Hass auf sich selbst wird unerträglich. Er legt den Kopf zurück und spürt die eisige Kälte des verrosteten Metalls im Nacken. Aus den Augenwinkeln betrachtet er die tiefschwarze Silhouette eines zerzausten Baumes vor dem milchigen Grau der Andennacht. Gruber schließt die Augen. Er hat Sehnsucht nach dem Mut, sich vor eine Eisenbahn zu legen, die noch funktioniert, stellt sich das Geräusch eines Zuges vor, der über die morschen Schienen rumpelt; ein dumpfes klack...klack...klack...klack...in der Ferne, ...das Geräusch wird heller, näher, lauter...klack...klack...klack..., realistischer, rast donnernd auf ihn zu, klack, klack, klack.... Wolfgang Gruber fühlt sich frei.

An den Wänden des Gasthauses hängen vergilbte Fotos von alten Eisenbahnen, Bilder majestätischer Vulkane und Masken, grelle Masken. Ein hölzernes, gelb lackiertes Affengesicht irritiert die junge Frau. Trotz des Kaminfeuers ist es kalt. Das Maul des gelben Affen ist blassrosa, Paradontose-rosa. Er hat eine grün angelaufene Messingkette zwischen den gefletschten Zähnen und grinst. Sabine wendet sich ab und schaut wieder aus dem Fenster. Nebel und Regen haben sich über Nacht verzogen. Der Gipfel des gigantischen Vulkans strahlt Puderzuckerweiß in der gleißenden Morgensonne. Das Panorama ist überwältigend. Auf Sabine wirkt es ein bisschen wie eine viel zu schöne Theaterkulisse, so als ob das Leben ganz woanders spielte, mit einem ganz anderen, bedrohlicherem Drehbuch. Sie spürt die Blicke des Affen in ihrem Rücken. Zwei Hände legen sich um ihre Taille. Sabine zuckt zusammen; ihr Körper erstarrt. Ein unterdrückter Schrei. Jetzt erst erkennt sie ihn.

„Was ist nur mit dir?" Dieters Stimme ist zärtlich und besorgt.

„Ach, ich hatte eine schreckliche Nacht."

Er schaut sie fragend an.

„Erst hab' ich furchtbar gefroren; dann bin ich endlich eingenickt, aber immer wieder aufgeschreckt, mein Herz raste jedes Mal wie wild; immer wieder dieser entsetzliche Alptraum."

„Was hast du denn geträumt, Liebes?"

„Ich weiß es nicht mehr."

Dieter ist sich nicht sicher, ob sie jetzt die Wahrheit sagt und den Traum wirklich vergessen hat. Er runzelt die Stirn. Sabine denkt an den eigenartigen Holzperlenvorhang hinter ihrem Bett und an diesen markerschütternden Schrei am frühen Abend. Schließlich sagt sie:

„Ich kann mich wirklich nicht an den Traum erinnern; nur, dass er so schrecklich war. Und dann dieser Hund, der immer gejault und gebellt hat. Ständig ist er von außen gegen die Tür gesprungen. Der hat die ganze Nacht keine Ruhe gegeben."

„Den habe ich auch gehört. Dem armen Kerl war sicher zu kalt da draußen. Ich war drauf und dran, runter zu gehen und ihn reinzulassen. Aber dann war mir doch zu kalt, und ich bin im Bett geblieben." Dieter streicht sich fröstelnd über die Arme und grinst dabei mit einem etwas aufgesetzten Schuldbewusstsein. Sabine versucht ein schüchternes Lächeln und sagt unsicher:

„Dieser alte Bahnhof ist irgendwie gespenstig; ich hatte richtig ein bisschen Angst."

Dieter lacht.

„Du nimmst mich nicht ernst. Ich kann aber nicht dagegen an! Dieser einsame Bahnhof mit seinen knarrenden Dielen; ich finde es furchtbar hier!" In ihren Augen ist ein verzweifelter Ausdruck. „Ein Bahnhof, seit Jahren stillgelegt, ein Bahnhof ohne Züge, ohne Menschen, nur schreckliche Geräusche, Masken... das ist alles wie der Tod."

„Jetzt übertreib mal nicht, Mädchen."

Sie hasst seinen coolen, fast überheblichen Tonfall, dieses schräge, verständnislose Männerlächeln. Tränen schießen in ihre Augen.

„Nun, komm, Sabine, ganz so einsam ist der Bahnhof nun auch nicht. Da war doch gestern Nachmittag noch dieser komische, ältere Kauz hier, der so frustriert wirkte und dann verschwand. Und am frühen Abend ist ein klapperiger Zug vorbeigerumpelt. Hast du ihn nicht gehört?"

Sie starrt Dieter an; in ihren Augen ist mit Tränen vermischtes, blankes Entsetzen.

„Was ist denn bloß los mit dir?"

„Da war kein Zug", presst sie hervor.

„Natürlich war da ein Zug!"

Sie schließt die Augen. Ihr Inneres zittert. Sabine hat nicht den Mut, ihren Freund auf den markerschütternden Schrei anzusprechen, diesen grässlichen Todesschrei am frühen Abend, den Schrei, den sie nicht wahrhaben wollte.

Die Glocke von San Pablo

Fahlweiß steht die tote Kirche vor dem grauen Nachthimmel. Ein dürrer Kläffer heult wie ein kranker Kojote. Der einsame Mann wendet den Blick von der Ruine. Warum steht mitten im Dorf ein halb zerfallenes Gotteshaus? Warum hat man die demolierte Fassade weiß gekälkt. Muss ich das alles verstehen? Der Mann ist Ausländer, auf der Durchreise, gehört nicht hier hin. Die fremde, nächtliche Umgebung wirkt bedrohlich auf ihn, lässt verschüttete Ängste erwachen. Er will nachdenken, sich nicht verrückt machen lassen, sucht eine Kneipe, braucht Alkohol zum Nachdenken.

Die Kirchenglocke von San Pablo schlägt; sie schlägt genau zehnmal, hallt nach, sie hallt bedrohlich nach, unheimlich. Irgendetwas stimmt nicht. Der Mann spürt die Gefahr, eine unsichtbare Gefahr. Er schaut auf die Uhr: 22 Uhr 5; die Glocke hat fünf Minuten zu spät geschlagen. Alles ist zu spät in diesem Land. Der Mann lächelt, er lächelt für sich selbst, fühlt sich überlegen. Das Gefühl der Unsicherheit schwindet. Was stimmt hier nicht? Die Angst kommt wieder. Jetzt winselt der dürre Hund und verzieht sich in einen halb zerfallenen Hauseingang. Es riecht nach Urin. Der Reisende geht weiter. Er hört Schritte hinter sich. Der Mann geht schneller, ihn fröstelt; er zieht den Reißverschluss der Lederjacke hoch bis unters Kinn. Plötzlich wird ihm klar, dass er seine gesamte Reisekasse bei sich trägt.

An der Ostseite des Platzes von San Pablo steht eine klassizistische Fassade, unwirklich, wie das Bühnenbild für Orpheus in der Unterwelt. An den Säulen lehnt ein Haufen ausrangierter Stuckdeckenteile, dreckig weiß, halb verrottet, zerbrochen. Die Schritte kommen näher. Der Mann will sich umdrehen, bemerkt im letzten Moment den fehlenden Kanaldeckel, will ausweichen, macht einen Ausfallschritt, kommt gerade noch an dem nach Fäulnis stinkenden, gähnenden Loch des Gullis vorbei. Hinter ihm ein böses, widerhallendes Lachen; es echot, als käme es aus der Hölle. Der Mann beginnt zu laufen.

Aus dem Schnapsladen an der Straßenecke kommt ein Liebespaar. Sie biegen Arm in Arm in die Seitenstraße ein. Der Mann folgt dem Paar. Er beruhigt sich etwas, geht jetzt wieder langsamer. Schritte. Sind es die Schritte des Pärchens? Sind es die eigenen Schritte? Ist der Verfolger hinter ihm? Der Mann will keine Fragen mehr; er hat Angst verrückt zu werden. Das Liebespaar drückt sich in einen Torbogen. Im grauen Himmel funkelt ein einsamer Stern. Von Ferne blecherne Techno-Musik.

Aus einer Einfahrt schießt eine Limousine. Fernlicht, voll aufgeblendet. Tausend Sterne schmerzen in den Augen des Mannes; er sieht nichts, taumelt. Jetzt ist der Verfolger direkt hinter ihm. Der Mann sucht Halt an der Hauswand. Reifen quietschen; das schwere Auto schießt vorbei. Er dreht sich herum, sieht rote Rückleuchten, kleiner werdend; er atmet auf. Zu früh; aus einem blutroten Poncho schnellt ein blitzender Dolch. Sein Herz rast, doch der Mann schaltet, reagiert richtig. Er hebt die Arme und keucht:

„Nehmen Sie mein Geld, ich wehre mich nicht!"

Weiße Zähne zeigen sich zwischen der tief in das zerfurchte Gesicht gezogenen Krempe des Hutes und dem Poncho.

„No, Señor", ein grausam sanftes Lächeln, „ich will kein Geld."

Die Zähne verschwinden zwischen den wulstigen Lippen; der Dolch berührt die Kehle des Reisenden. Plötzlich erinnert er sich daran, dass die tote Kirche keine Uhr mehr hat. Die Glocke von San Pablo kann nicht geschlagen haben; es gibt keine Glocke in San Pablo. Doch es gibt ihn; ER existiert, der, vor dem er sich schon so lange gefürchtet hat.

Das Hotel

Es ist fast Mitternacht. Grabowski streift durch die alte Stadt. Antigua ist eine eigenartige Stadt; betagte, gedrungene Häuser in geschlossener Bauweise. Auf den niedrigen Ziegeldächern stehen hier und da kleine, kunstvoll gestaltete Türmchen. Das Ganze wird von Laternen beleuchtet, die jetzt nach und nach ausgehen und die Nacht dunkler werden lassen. Und immer wieder entdeckt Grabowski Ruinen, gepflegte Ruinen, umzäunte Ruinen, zerfallene Klöster, Ruinen von Gotteshäusern. Er mag diese eigenartige Stadt. Vereinzelt kämpfen sich Autos über das unregelmäßige Pflaster; das grelle Licht ihrer Scheinwerfer tanzt durch die Nacht.

Grabowski erreicht den Parque Central, ein großer, quadratischer Platz, wie ihn alle altspanischen Städte haben, leidlich gepflegt. In der Mitte des Platzes steht ein hoher Springbrunnen. Das Wasser plätschert über klassisch ornamentierte Becken in eine trübe Brühe. An der linken Seite des Parque Central liegt ein vor mehr als drei Jahrhunderten in Stein gemeißelter Bogengang. Die Arkaden sind in trübes Licht getaucht. Ein Obdachloser schläft zusammengekrümmt auf einer Bank. Grabowski schlurft durch den Gang in eine Nebenstraße. Eine der letzten Laternen erlischt. Dunkelheit. Grabowski stolpert, schlurft weiter, konzentriert sich auf vorstehende Pflastersteine. Nach ein paar Straßenzügen erreicht er das Hotel.

Er geht durch einen langen Arkadengang, der über und über mit üppig wuchernden Kletterpflanzen geschmückt ist. Unzählige Kerzen beleuchten ein seltenes Ensemble aus mit Luxus umbauten Resten einer Klosterruine, geschäftig umher schwirrenden Pagen und in den Ecken aufgestellter Sakralkunst. Die schweren Holztische der Rezeption stehen vor einem vergoldeten Altar. Grabowski lässt sich den Schlüssel seines Zimmers geben und biegt in einen langgezogenen Gang aus grauen Natursteinmauern. Hunderte von bunten Blütenblätter schwimmen in Wasserbecken, die in Boden und Wände eingelassen sind. Überall stehen Kerzen, in antiken Ständern, in Eisenringen, die aus den Mauern ragen oder einfach auf dem Boden. Ein als Dominikanermönch verkleideter Bediensteter tauscht abgebrannte Stummel gegen frische Kerzen aus. Der Mönch trägt eine Kapuze, die nur einen schmalen Schlitz für die Augen frei lässt. Versteckte Lautsprecher bedecken die groben Mauern der Klosterruine, die Gänge und Patios mit einem Klangteppich aus düsteren, gregorianischen Chorälen. Casa Santo Domingo, ein stimmungsvolles, einzigartiges, eigenartiges Hotel, fast schon dekadent, denkt Grabowski mit Blick auf den Kapuzenmann, der die Kerzen wechselt.

Grabowski passiert einen Innenhof mit Palmen, mit einem reich verzierten Brunnen und kunstvoll dekorierten Pflanzenarrangements. Er öffnet die Tür zu seinem Zimmer. Merkwürdig. Der Fernseher ist eingeschaltet. Grabowski bleibt vor dem Bildschirm stehen. Ein Film, der nicht besser zu dem eigenartigen Ambiente dieses Hotels passen könnte; ein Gruselfilm, der in einem düsteren, mittelalterlichen Gemäuer spielt. Genau so könnte dieses Kloster hier vor vielen hundert Jahren ausgesehen haben. Ob das ein Werbefilm für das Hotel ist? Grabowski lächelt. Er setzt sich auf die Bettkante und schaut zu. Ein Mann streift durch die von lodernden Fackeln beleuchteten Gänge des Klosters. Schritte hallen auf den Steinen. Der Mann bleibt stehen und dreht sich um. Er kann niemanden ausmachen. Nur die Kamera sieht den Verfolger, einen Dominikanermönch in einem weißen Habit. Der Mönch trägt eine Kapuze, die sein Gesicht verbirgt. Die Kamera hält eine grässliche Naheinstellung lang auf den Schlitz in der Kapuze, auf grausame, blass graue Augen, in deren Pupillen sich die lodernden Fackeln spiegeln. Düstere gregorianische Choräle begleiten den furchterregenden Mönch auf seinem Weg durch das Kloster. Grabowski schüttelt verwundert den Kopf. Ihm scheint, dass es exakt dieselbe Musik ist, die eben in den Fluren des Hotels erklang.

Der Mann im Film steigt eine steile, steinerne Stiege hinab. In der Gruft sind keine lodernden Fackeln, nur einige wenige Kerzen. Der Mann bekreuzigt sich vor einem in Stein gemeißelten, grausigen Kruzifix. Der Gekreuzigte erscheint ungewöhnlich hell auf dem Bildschirm, unnatürlich hell, wie von Scheinwerfern angestrahlt. Schlecht gemacht, der Film, denkt Grabowski; die sollten mal den Beleuchter wechseln. Der Mann wendet sich nach links und betritt durch einen niedrigen Bogen die eigentliche Krypta. Die Grabkammer ist schmucklos und eng, in ein schemenhaftes Halbdunkel getaucht. Am hinteren Ende des Raumes ist ein Skelett aufgebahrt. Es trägt noch den weißen Habit der Dominikaner. Der Mann nähert sich dem Skelett und murmelt:

„Vater."

Er kniet nieder. Harter Schnitt. Jetzt verfolgt die Kamera die festen, langsamen Schritte des in die weiße Kutte gehüllten Mönches. Dann zeigt sie seine kalten, blass grauen Augen hinter der Kapuze. Der Mönch geht eine steile Stiege hinab, sicher, zielstrebig. Er bückt sich; die Kamera bleibt einen Moment an dem niedrigen Bogen hängen. Dann zeigt sie den knienden Mann. Der fährt herum und blickt in die brutalen Augen seines Widersachers. Der Mönch sagt mit einer sanften, belegten Stimme.

„Du wolltest dem Tod ein verbotenes Geheimnis entlocken."

Aus der Kutte schnellt ein blitzender Dolch. Der Mann stößt einen markerschütternden Schrei aus. Grabowskis Herz schlägt schneller als gewöhnlich. Er geht zu dem Fernseher und schaltet ab. Er mag keine brutalen Filme, in denen er Zeuge von Morden wird. Solche Szenen belasten ihn.

Grabowski legt sich auf das Hotelbett und macht eine Atemübung. Er ist jetzt wieder ruhig und entspannt, doch nicht müde und entspannt genug, um einzuschlafen. Er schaut auf die Uhr. Null Uhr zwanzig. Grabowski verlässt das Hotelzimmer und läuft fast dem verkleideten Mönch in die Arme. Der Kapuzenmann lässt vor Schreck seine Kiste mit den Kerzen fallen. Er entschuldigt sich mit heraus sprudelnde Worten und devoten Gesten.

„Schon gut, war meine Schuld", brummt Grabowski. Sein Herz schlägt wieder schneller. Er sagt:

„Gute Nacht", und geht den Arkadengang entlang. Plötzlich hört er Schritte hinter sich. Grabowski fährt herum. Doch da ist nichts; nur der arme Mönch, der am Ende des Ganges noch immer seine Kerzen einsammelt.

Aus der Hotelbar kommt eine Gruppe angetrunkener Touristen. Sie schwanken, schwadronieren und kichern, zerstören den getragenen Klang der gregorianischen Choräle, die noch immer aus den Lautsprechern tropfen, führen das mittelalterliche Ambiente ad absurdum. Grabowski biegt ab. Er geht am Swimmingpool vorbei über den ehemaligen Klosterhof, von dem nur noch ein paar halb hohe Mauerreste die Jahrhunderte überdauert haben. Grabowski wundert sich, dass das Museum im hinteren Teil des alten Konvents zu dieser Stunde noch geöffnet ist.

Er betritt das beleuchtete Ruinenfeld des ehemaligen Kirchenschiffs. Vor einem Pfeil aus verwittertem Holz, der auf den Eingang der Krypta hinweist, bleibt er stehen. Grabowski fühlt sich auf eine unerklärliche Weise angezogen. Er folgt dem Schild. Die zur Gruft hinunter führende, steile Stiege ist in ein diffuses Halbdunkel getaucht; gerade genug Licht um nicht zu stolpern. Die Anziehungskraft wird stärker. Grabowski geht die Stufen langsam nach unten. Seine Schritte verursachen ein sandiges Knirschen. Ansonsten herrscht absolute Stille. Die Geräusche des Hotels dringen nicht bis in die Krypta. Plötzlich blendet ein greller Scheinwerfer auf. Grabowski blinzelt und bekreuzigt sich vor einem grausigen Kruzifix. Die Christusfigur kommt ihm vor wie ein alter Bekannter. Grabowski ist wie in Trance. Eine innere, unwiderstehliche Kraft zieht ihn nach links, durch einen niedrigen Bogen hindurch in den hinteren Teil der Grabkammer. Er kniet vor einem aufgebahrten Skelett nieder und betet.

Die Schritte hinter ihm nimmt Grabowski erst im letzten Moment wahr. Er fährt herum. Sein schreckerstarrter Blick trifft den verkleideten Mönch aus dem Hotel. Die belegte Stimme des Kapuzenmannes ist sanft und besorgt:

„Oh, hoffentlich habe ich Ihnen keinen Schreck eingejagt", er zieht die Kapuze vom Kopf und fügt mit einem geschäftsmäßig, freundlichen Lächeln an:

„Das Museum ist leider schon geschlossen; darf ich Sie bitten, morgen wieder zu kommen. Wir öffnen um acht Uhr dreißig."

Ein Fest geht zu Ende

Avenida de los Conquistadores, die Straße der Eroberer am Montag, den 9. September 2015 in einem Vorort von Quito, der Hauptstadt Ecuadors. Es ist der letzte von fünf Tagen der Fiesta de Guápulo. Eine Schnapsleiche kauert am Straßenrand. Der Seiber tropft aus seinem Mund auf den Gehsteig. Der Betrunkene zuckt; sein Rausch geht in Bewusstlosigkeit und schlimmstem Katzenjammer über. Neben ihm sitzt ein sehr junger Mann. Der Sohn weiß, dass er seinem Vater jetzt nicht viel helfen kann. Er lässt seine Blicke am Grabenbruch von Guápulo vorbei schweifen, bis sie irgendwo in der Leere stehen bleiben. Vom Kirchplatz her schallen schräge, aus verbeulten Trompeten strömende Töne durch das Tal. Luxuriöse Villen stehen verschanzt, fast unsichtbar hinter starken Mauern. Dazwischen bescheidene Häuschen und Bretterbuden, die halb zusammen fallen, fast schon Slums. Oben auf der Kante des Steilhangs ragen noble Wohntürme in den Andenhimmel. Es gibt auch die eine oder andere Fabrik, weiter unten im Tal unweit des verseuchten Flusses, in den die Abwässer von halb Quito fließen. Das Kloster und die Wallfahrtskirche aus dem 17. Jahrhundert, die ziegelgedeckten alten Häuser und die steilen Gassen geben dem Mischmasch etwas bohemehaft Romantisches.

Der Mann in dem blau gelb purpurnen Clownkostüm hat durchdringende Augen, sehr hell für einen Ecuadorianer. Die kalten Augen verschwinden hinter einer Maske mit unsympathischen Pausbäckchen. Der Clown stülpt eine fahle Glatze über seine vollen, schwarzen Haare. Ein tastender Griff unter das Clownkostüm; ein letzter, prüfender Blick in den halb blinden Spiegel. Der Clown tritt aus dem unverputzten Haus auf die

Straße und wendet sich dem Kirchplatz zu. Seine Schritte finden den stampfenden Rhythmus der schrägen Blasmusik. Die Nachmittagssonne senkt sich hinter die steilen Hänge des schmalen Tals. Der Betrunkene ist jetzt bewusstlos; sein Sohn betrachtet den vorbeigehenden Clown. Er spürt die bösen Augen über den Pausbacken. Der Clown verschwindet in einem schmalen Durchgang zwischen zwei alten Häusern.

Kirche und Kloster sind geschlossen, durch schwere Holztüren vor der Menschenmenge geschützt, die träge auf dem Platz tanzt. Zusammengeknülltes Fettpapier, Plastikflaschen, Pappteller und Orangenschalen liegen auf dem Boden herum, Requisiten eines Festes, das bald zu Ende geht. Noch halten die Blechbläser den schweren, stampfenden Rhythmus. Aus den Garküchen steigen wohlriechende Dämpfe und wabern über den Platz. Sie ziehen durch die unteren Speichen eines Riesenrades im Miniaturformat. Das Rad hebt Kinder in den tiefblauen Abendhimmel. Die untergehende Sonne beleuchtet die im Himmel hängenden Wolken; ein intensives gelb weiß grau. Ein kleiner Junge in einem zotteligen Affenkostüm klettert auf den Sockel der schwarzen Statue des Francisco de Orellana. Er unterstützt den Eroberer bei der Überwachung des Festes. Zu dem dumpfen Rhythmus der tiefen Trommel gesellen sich Klarinetten, lösen die schrägen Blechbläser ab. Über der tanzenden Menge detoniert ein Knallkörper, die Tänzer ducken sich, auch die, die furchterregende Masken tragen.

Der blau gelb purpurne Clown torkelt aus der Menschenmenge. Er bleibt einen Moment stehen und schnappt nach Luft. Er nimmt einen langen Schluck aus einer Flasche mit billigen Zuckerrohrschnaps. Er stellt die fast leere Flasche auf den Sockel des Francisco de Orellana. Dann schleicht er gebeugt und in leichten Schlangenlinien von dannen.

Im Innenhof des Klosters sitzt ein Franziskanerpater und liest in der Bibel. Die seit fünf Tagen ununterbrochen plärrende Musik stört seine Andacht, doch sie kann seine Gebete nicht verhindern. Der Pater schaut in den mattblauen, langsam verblassenden Himmel. Die letzten Sonnenstrahlen beleuchten den weißen Kegel des Vulkans Cayambe, fünfzig Kilometer entfernt und doch im Abendlicht so nah. Davor eine tief schwarze Hügelkette.

Das eiserne Tor zu einem der Häuser an der Hangseite des Camino de Orellana ist angelehnt. Der blau gelb purpurne Clown stößt die verrostete Pforte auf und versteckt sich hinter einem Mauersims. Er kann die Straße durch einen löchrigen Zaun beobachten, ohne selbst gesehen zu werden. Er sieht, wie sein Opfer sich gebeugt und in leichten Schlangenlinien die steile Gasse hinauf kämpft. Ansonsten ist die Straße leer. Die Schneekuppe des Cayambe ist erloschen; der Himmel ist jetzt so grau wie die vor ihm liegende Hügelkette, fast schwarz. Die Nächte in den Anden kommen schnell. Der Clown knirscht mit den Zähnen und zieht eine Pistole mit einem Schalldämpfer aus seinem Kostüm. Er schnellt fast lautlos aus seinem Versteck. Mit drei raubtierhaften Sprüngen ist er hinter seinem Opfer. Ein blau gelb purpurner Clown würgt einen blau gelb purpurnen Clown. Sie sehen völlig identisch aus. Ein dumpfes Plopp trennt die Zwillinge für immer.

Hinter dem Fenster des Hauses gegenüber sitzt ein alter Mann in einem verschossenen, roten Plüschsessel. Er hat gesehen, dass für eine kurze Zeit zwei ganz und gar gleiche Clowns auf der Straße waren. Er beobachtet, wie der Sieger den leblosen Körper des Verlierers in den Hauseingang zieht. Der alte Mann ist halbseitig gelähmt. Sein Telefon ist in der Küche. Es kostet ihn eine Ewigkeit, sich aus dem Plüschsessel zu schrauben und Tippelschrittchen für Tippelschrittchen in die Küche zu hinken. Das Telefon ist schwarz und steht auf einem weißen Spitzendeckchen. Der alte Mann hebt ab; das Telefon ist tot. Der Alte kämpft gegen seine Erschöpfung, bleibt ruhig, konzentriert sich. Nach zehn Minuten findet er heraus, dass jemand den Stecker aus der Dose gezogen hatte. Der alte Mann steckt ihn wieder hinein und wählt.

Der blau gelb purpurne Clown tanzt vor den Toren der Kirche. Unter den Pausbacken der Pappmaske ist ein siegesgewisses, böses Grinsen; der Plan mit dem doppelten Kostüm war genial. Der Pater betet hinter den Mauern des Klosters einen Psalm Davids:

„Entrüste Dich nicht über die Bösen ... denn wie Gras werden sie bald verdorren. Die Gottlosen knirschen mit den Zähnen, sie ziehen das Schwert und spannen ihren Bogen, dass sie fällen die Armen und morden die Frommen. Aber der Herr lacht ihrer, und das Schwert der Gottlosen wird in ihr eigenes Herz dringen, und ihr Bogen wird zerbrechen."

Der Franzikaner-Mönch lächelt in demütiger Zuversicht. Er vertraut, dass sein Gebet erhört wird. Der Clown tanzt und lacht noch immer höhnisch vor sich hin, als das Handy in seinem Kostüm schnarrt. Er hält es an sein Ohr und vernimmt die Stimme des alten Mannes:

„Gracias compañero."

Nach dem Fest – Beckmanns Resümee

Kalte Nebelschwaden steigen hinter der steilen Mauer auf, wie Dampf, der einem Topf entweicht. Die kahlen Äste eines alten Eukalyptusbaumes zeichnen sich schemenhaft in die graue Wand aus Feuchtigkeit. Hunde bellen klanglos wie von Ferne, doch sie sind ganz in der Nähe, unsichtbar und schallgedämpft. Vor ein paar Stunden ist das Fest zu Ende gegangen.

Beckmann sitzt auf einer der vielen Treppenstufen, die sich durch die Hänge oberhalb Guápulos ziehen. Der dichte Nebel verschluckt die prächtig beleuchtete Kuppel der Kirche unten im Tal, macht sie zu einem schwach schimmernden, irisierenden Licht. Der Schriftsteller zieht ein Resümee seiner Geschichten:

Zwei Morde und drei übersinnliche Attacken, zweimal Mordverdacht, zwei Selbstmörder, die nicht unbedingt sterben wollen, ein Drogenopfer und ein tragischer Unfall. Keine schlechte Bilanz, unklar bleibt eigentlich nur, wer ER ist und welche Motive der Clown hatte. Einfach nett ist die Szene mit dem harmlosen Angestellten des Hotels. Und – Beckmann lacht in sich hinein – eigentlich ist er selbst nach der Attacke des riesenhaften, schwarzen Hundes ja auch schon tot.

Von irgendwo erklingt die gedämpfte Melodie einer von Salsa-Rhythmen untermalten Ballade. Der Schriftsteller steht auf und geht durch den grauen Nebel der Musik entgegen. Die Ballade wird lauter, und doch klingt sie wie durch Watte. Fast wäre Beckmann über einen schwer angetrunkenen, jungen Mann gestolpert, der mitten auf dem Weg sitzt. Der Halbstarke hat eine dunkle Wollmütze tief ins Gesicht gezogen; neben sich auf dem Boden ein Ghettoblaster, der gegen die Klanglosigkeit des Nebels ankämpft. „Tu cuerpo me vuelve loco, niña – dein Körper macht mich verrückt, Mädchen", ein erotischer Text und eine gefühlvolle, von einem Chor hinterlegte Stimme. Der Junge mit der Mütze schwankt hin und her; die Bewegungen seiner Lippen verraten, dass er versucht mitzusingen. Beckmann denkt an die magische Frau mit dem wunderschönen Körper, an die geheimnisvolle Frau, die seinen tragischen Helden Bustamante in den Tod trieb.

Beckmann geht ein paar Schritte weiter und bleibt vor einem verwitterten, schiefen Holzkreuz stehen. Er starrt talwärts in die Nebelwand und hört die Stimme des Schamanen: „Ich hätte niemals sprechen dürfen, doch jetzt ist es zu spät." Ein plötzlicher Wind zieht die kalte Watte auseinander; die prächtige Kuppel der Klosterkirche gewinnt Konturen. Die Musik verstummt. Hinter dem Jungen mit dem Ghettoblaster springt eine Gestalt hervor. Aus dem blutroten Poncho schnellt ein blitzender Dolch. Es gibt ihn im wirklichen Leben; es ist ER, vor dem der Schriftsteller sich schon so lange gefürchtet hat.

Beckmann reagiert. Er dreht sich blitzschnell herum und rennt die Böschung hinunter auf das Gelände des alten Friedhofs. Die Nebel sind verschwunden. Das bleiche Licht des Mondes lässt Beckmanns Schatten durch den Wald der Kreuze jagen. Er duckt sich hinter ein Grabmal aus roten Marmor. Auf dem Grabstein nebenan hockt eine Sphinx mit starren, totenbleichen Augen. Beckmann springt wieder auf. Sein Oberarm streift das auf dem Grabmal stehenden Kruzifix. Die Christusstatue knirscht in ihrer Halterung und schwankt, erst rücklings, dann kopfüber direkt auf Beckmann zu. Er springt zur Seite; das Kruzifix zerschellt auf dem Boden.

Der Schriftsteller atmet auf und schaut nach links. Er blickt in die durchdringenden, kalten Augen eines Clowns in einem blau gelb purpurnen Kostüm. Das gefährliche Lachen des Clowns hallt über den Friedhof. Er zieht einen mattschwarzen Revolver aus dem Kostüm und entsichert. Ein riesenhafter, schwarzer Hund mit milchig toten Augen schiebt sich ins Bild. Beckmann glaubt einen Moment, dass der Hund den Clown angreift. Doch das grauenhafte Tier hat es auf ihn abgesehen. Kein Bellen, kein Knurren; Kraft sammelt sich in den mächtigen Muskeln der pechschwarzen Kreatur; das mit Tigerzähnen gespickte Maul verzerrt sich zu einer Wolfsgrimasse und schießt auf die Kehle des Schriftstellers zu. Beckmann weicht zurück, doch ein Ring aus eiskaltem Eisen schließt sich um seinen Hals und zieht ihn nach unten; er strauchelt, stürzt hinterrücks den Abgrund hinunter, überschlägt sich, ein Dornenbusch zerreißt seine Kleider, zerkratzt Hände und Gesicht. Dann schlägt er hart mit dem Hinterkopf auf und bleibt an einem vorstehenden Felsen liegen. Auf dem feuchten Stein sitzt ein Gecko mit einem orangen Kopf und dunkelblauen, reflektierenden Augen. Eine riesige Fledermaus flattert einem grellen, Apfelsinen-farbenen Mond entgegen.

Beckmann wird wach. Er schaut an einem Gewirr von Schläuchen vorbei auf sein eingegipstes Bein und versucht den Alptraum abzuschütteln. Schließlich bemerkt er die Person neben seinem Krankenbett. Die Kutte des Mönches ist hart-weiß. Der Gottesmann lacht gefährlich leise und zieht einen blitzenden Dolch aus seinem Umhang.

„Diesmal bin ich nicht der Angestellte des Hotels!"